旅のない

上田岳弘

講談社

目次

ブックデザイン　鈴木成一デザイン室
カバー写真　伊丹 豪

旅のない

悪口

久しぶりに街に出た。驚くべきことだ、と思いそうになった。けれど、単に僕の想像力が足りていなかっただけなんだろう。緊急事態宣言が出されて、街の機能が半ば失われ、飲食店はほとんどやっていないし、他の店も半分以上は閉まっている。情報として摂取していた事柄が目の前にある。たかだかウイルス一つでこんなことになるとは。脆弱なことだ。それも別段壊滅的なことが起こっているわけでもない。事実、新型コロナウイルスが流行り始めても人類は増え続けていた。どこまで正確なのかはわからないけれど、地球上の人口をカウントしているサイトなるものがあって、その数字は増える一方だった。仕事の暇つぶしの合間にちょくちょく見ていたのだけれど、それまでと比べ勢いが衰えたのかどうかわからない、――というか正直にいって変わっていないように見える。

「ちょうど、自粛が始まってしばらくして、77億7777万7777人に到達したの。知ってる?」

十花《とおか》にそのサイトを教えたのは僕だった。どうやって統計を吸い上げているのかもわからない。英語表記のそのサイトをすみずみまで読めばわかるのかもしれないが、そこまでやるモチベーションは湧かない。十花と僕とが見ているのとは違う類似サイトもいくつかあって、それぞれ微妙に人口が違う。いや最大で150万人ほど違うのだから、微妙とはいえないか。全体からすれば誤差みたいなものだけど、新たなウイルスによる死者よりははるかに多いのだから、このご時世に誤差と言ってしまうのはなぜかしらちょっと気が引ける。

他の店はたいていが閉まっているのだから、六本木の外れのホテルが真昼間から満室なのは「驚くべきこと」ではないのかもしれない。他に行くところの選択肢がないということだ。同世代でも家族がいて、子供でもいれば、うるさいくらいに喧伝されるスティホームも退屈しないのかもしれない。けれど、独り身としてはおそろしく退屈だった。仕事が動いていた時はまだよかった。慣れないテレワークでストレスを感じながらも若干の刺激はあった。しかし、折り悪く、というかなんというか、先々の見通しが立たないままに4月の末、つまりはゴールデンウィークに突入してしまった。もともとの予定としては、那須で2泊の宿をとっていたのだけれど、緊急事態宣言にともなって、宿の方からお断りの連絡があった。なんでも連休明けまでの休業が決まったとのことだった。探せばやっている宿もあるようだったが、緊急事態宣言の中で、国内では比較的に感染が広がっている東京から訪問するのも気が引けた。各自治体の首長も言い方に強弱はあったが、つまりは「来るな」と言っている。せっかく開けている宿としては客が来た方が良いのだろうが、それとこれとはまた別のことだ。

結局、十花と話し合って、都内のホテルで1泊することにした。旅行気分を多少なりとも味わおうということになったのだ。インターネットでルームサービスが充実していそうなところを探し、念のため、今でも部屋へのデリバリーが稼働しているかどうかを電話で確認した。僕はこういった下準備を頑張るタイプではないのだけれど、ただでさえ陰鬱な空気が充満しているのだ、想定の甘さゆえの不備は極力排除したかった。条件に合致したホテルを選定したものの、問題があった。そこは予約ができない、そうだった。ただ、まあ、そんな昼間から都心のラブホテルに逗留する者もそうたくさんはいないだろう。そうたかをくっていたのだが、いざ行ってみると最後の1室で随分焦った。旅行も駄目になった上に、これも失敗となると随分と情けないことになる。この場合僕に落ち度があるのかないのか自分でもわからないが、人間関係は結果がすべてなのだ。付き合いを考えなおすきっかけが、「この人ツイてなさそう」であったとしてもしょうがないし、むしろありそうなことだ。男女といわず、友人関係、師弟関係でも、あえて言葉にしないような空気と直感で付き合いが決まっていくことがほとんどだと僕は思う。公正さが求められる科挙ではないのだし、なんでもかんでも要件が分析され、ノウハウ化される昨今においては、そんなファジーさの塊のような人間関係こそが聖域である。連絡を突然絶ったって、Facebookで20年ぶりに友達申請し、時間の隔たりなんてまるでなかったみたいに親し気に話しかけたってかまわない。誰が言っていたのかもう忘れてしまったけれど、「テクノロジーは人の好みを加速させる」。好きなのか嫌いなのか、気分がのるかどうか、いろんな分野の技術が向上することで、たいていのことは取り返しのつくことがらになっていって、結果としてそんな感情感覚好き嫌いが判断基準になっていく。偉人か有名人かが言ったような台詞だけれども、この発言は山本のものであることを僕は思い出す。偉人でも何でもないバツ3の会社経営者。僕と同じ大学の理工学部を中退して、麻雀で食っていこうとして挫折。それからSEに転身し、これはぼろい業界だと直感した彼は会社を立ち上げてSEの派遣業を始め、今は日中にやることがなくて主に筋トレをやっている。そんな彼も先日再婚したとFacebookに書いてあった。ついこの間まで独身貴族を気取っていた初婚敗残者たちの何人かが、再婚をして子供を育てるか、暇に飽かせて筋肉を育てている。あるいは子供と筋肉の両方を育てている。

空いていた部屋は中くらいのランクの部屋だった。それでも結構豪華だ。広くはないが露天風呂があった。スパークリングワインと、赤ワインのハーフボトルを頼み、グリーンカレーと海老とアボカドのパスタを頼んだ。ホームページからではわからなかったが料理は提携した近隣の店が持ってくるらしい。洋風カレーもルームサービスのメニューに入っていたが、フロントに聞いてみるとコロナ騒ぎで休業中とのことだった。

とりあえず露天風呂に入ることにした。風呂に入る順番はなんとなく決まっていて、先に十花が入ってしばらくして僕が入る。他の女とはどうだったろう？　決まっていたような気もするし、そうでもなかったような気もする。いつも後だったような気もするし、いつも先だったような気もする。あるいは相手によってまちまちだったのかもしれない。うまく思いだせない細部。家からあまり出ない生活が2週間ほど続いたからだろうか、普段より神経が細やかに、過敏になっている。もう忘れ去ってしまったはずの、過去の細かな記憶がふっと思いだされる。僕にだって多くのことに切実さを覚える時期があった。でも今はあらゆることが似たようなシチュエーション、感情で上書きされつくした結果行き着いた、気怠さと心地よさの中にいる。

十花と風呂に浸かりながら話す。途中、呼び鈴がなってタオルだけを腰に巻き付けて、料理を取りにいく。氷の入ったバケツごとスパークリングワインとグラスを持って、露天風呂に戻り、酒を注いで飲む。空を見上げると、6時を随分すぎているのにまだ明るかった。青っぽい夜の気配が少しまぎれている。

「お酒と風呂と女」と十花はグラスを傾けながら言う。「糞みたいな、昭和の中年的楽しみ方」

そう続け、小さく笑う。悪口を言うときに緊張で出る震えがかき消される。悪口のレッスン。水面に揺れる彼女の肩から上のなだらかなラインを眺める。

本当なら、こんなところではなくて、もっといいところにいたはずだった。直接の知り合いに感染者が出たという話は聞いていないけれど、知り合いの知り合いレベルではちらほら聞く。顔も知らない人の話ばかりだから、どこか遠くの国で起こっていることのようにも感じる。感染拡大を防ぐための自粛による影響の方がはるかに大きいと思う人が大半だろう。街の機能はほぼ停止しているし、仕事も新規のプロジェクトが動かない。既に決まっている案件は後ろ倒しになっただけで死んではいないから、自粛があとひと月程度なのであれば、年間の収入は微減ぐらいで収まるだろう。個人的には生活に支障が出るレベルではないし、これを機に少し仕事を整理した方がいいかもしれない。去年は、ちょっと働き過ぎた。

客観的に言って、フリーの開発者としてはうまく行っている方だろう。独立した当初は信用を作るために格安で請けた案件もあったが、近頃ではこちらの言い値を値切られることはほとんどなくなった。プログラミングの工程は上流から下流まで一通りこなしてきたし、最新の言語や不得意なところを補ってくれる協力先もそろえてある。しかしなにより評判を呼んだのは、納期をこかさないことだろう。発注者からすれば、僕のスケジュールさえ押さえることができれば、その仕事は終わったも同然なのだから、自分でいうのもなんだが使い勝手がいいのは間違いない。発注時点で要件があいまいだった場合は、致命的なずれがないか折々に確認を入れるし、状況によっては別の業者との意見調整も図る。その重要なのは言われたことをこなすのではなくて、きっちりと稼働《ローンチ》まで見届けること。そのためのパーツとして役割をこなすのに必要な材料を揃え続けること。その結果として納期が守られ、そんな実績が積みあがればそれだけこちらの「言い値」は高くなる。大量雇用のコンサルファームの無能スタッフに馬鹿高い人月単価を払うよりはよほどいい、と僕は思ってきたし、取引先もそのことを実感しているはずだ。たぶんこのコロナ騒ぎが収まった後に、損失分を取り戻すべく単価に反映させても顧客は文句を言わないだろう。嫌な顔をする担当はいるかもしれないが、たぶん僕は切れない。そう考えるとこのコロナ騒ぎは僕にとっては収入的な損失すらもないのかもしれない。ただぽっかりと、どこにも行くことのできない休みが増えただけ。

あらかじめ長湯を念頭において、風呂の温度は温《ぬる》めにしてあった。繁華な場所ではないからか、あるいは時世だろうか、街の喧騒は真上の抜けた露天風呂にまでは響いて来ない。自分の肩に手をやった指先に湯が絡まって、水の音がする。照明の光がわずかに波立つ水面に反射し、壁に斑文を映し出す。いつの間にか、夜が濃くなっていた。

「今、仕事はまったくないの？」

酒のためか、少しのぼせたのか、十花の鎖骨が淡く染まっている。幾条か零れ落ちた髪のかかる首筋に、彼女は手を当てる。ちろちろと水が鳴った。

「多少はあるね。今のプロジェクトは韓国の企業に外注していて、そことのブリッジ業務が若干。でもメールとかSlackとかでちらちらやり取りするだけだけどね。向こうはもうコロナ騒ぎも結構落ち着いてきてるみたいだから」

「いつ落ち着くんだろうね」

「どうだろう？　緊急事態宣言自体は、多分ゴールデンウィーク明けにいくらか延長して、そっからは延長しないんじゃないかな。さすがに限界はあるよ。その後は留意事項込みの日常に復帰するしかないんじゃないかな」

そうだよね、と彼女は言って、文脈なく笑った。間を埋めるだけみたいな笑顔。十花はよくそんな風に笑う。文脈がない、と言ったのは彼女自身だ。付き合い始めた当初、その笑い方をしていたときに、どうしたの？　と聞いたことがあった。すると、「ごめんなさいね、文脈なく笑う癖があって」と言ってまた笑ったのだった。

「きっと子供の頃から人の顔色を見ることに慣れ過ぎていたんだと思う。それで沈黙になるとなんか笑っちゃう癖があって。気持ち悪いから直したいんだけどね。どうも自責的なところがあるんだと思うんだよね。分析してみると。自己評価が低いというか。でもそういうのって、なかなか直らない」

その時僕はなんて答えたんだっけ？　多分全然気にならないよとか、でもいつでも周囲に気配りできるのは悪いことじゃないよねとか、そんな当たり障りのないことを言ったはずだ。変な褒め方はしていないはずだと思うけど、本当のところどうだったかはわからない。なぜなら僕は生粋の自己評価の低い女好きだからだ。不当に自己評価の低い女に接すると異常に興奮する。ヴィジュアルレベルも性格も頭も悪くない、というかむしろすべてが平均レベル以上であるにもかかわらず、妙に自分に対する評価が低い女性が一定数存在する。主観込みの統計上は、生まれついての性格が3割で親の育て方の問題が7割くらいだと勝手に思っているが、明らかに自己評価が低い男性よりも絶対数としては多い。どれだけ強気な態度を取ったところで、透けて見える自信のなさ。氷の上にでも立っているみたいに、自分の足場を信頼しきれていない。そんな女が、連れ添っている内に、ちょっとずつ僕に慣れていく様がたまらなく好きだった。どこまで寄りかかってもいいのか、別に明確に提示するわけではないのだけれど、それを感じ取ってもはや横柄とでも思えるような態度を女性が見せる時、なんだか変わったな、ということが不意に実感され謎の幸福感に包まれる。これはなんと表現するべきだろう？　被虐心とも違うし、庇護欲とも違う、何らかの手応え。どういう感情かはかなり微細に思い描くことができるのに、名状しがたい。

十花に対してもそうだ。ある面では彼女はまったく僕のことを信じていないが、ある面では確かに信頼している。「今何を考えているの？」と僕が質問するたびに、4歳の女の子みたいになんでも包み隠さず言葉にすることからもよくわかる。

「十花はどうなの？　仕事は？」

「こっちもゴールデンウィーク明けまでは休み。ただ5月7日からはよほどのことがない限り始まるみたい。政府の言い分にはもう十分付き合ったでしょ？　っていうのが上の考えみたい」

「外資じゃなかったっけ？　他の国の状況に合わせるとかありそうだけど」

十花は皮肉めいた笑い方をする。片方の唇だけを釣り上げたいびつな笑い方。場繫ぎの笑みではなかった。

「外資、といっても名ばかりだから。名前を使ってるだけで、出資もごく一部」

十花の会社はＰＲ戦略を請け負うマーケティング会社、ということに表向きはなっている。けれど、主たる収益は会員制のネットワークビジネスだ。ひと昔前は「ねずみ講」と呼ばれ忌み嫌われていたもので、実際やり方次第で今も違法になってしまうが、彼女の会社は法律に抵触しないやり方でやっているそうだ。と言っても根本的なところは変わらずに、その儲けの構造の中枢に行けば行くほど、儲かる仕組みには違いない。だから、表向きマーケティングビジネスをやっているというのは、本当は間違っていて、表も何もなくＰＲマーケティングがダミーということでもない。多分、ふだん十花が自分の会社を「マーケ会社」と簡素に説明するのは、その方が穏当であると経験から学んでのことなのだろう。十花の業務はＰＲマーケティングの方だった。

「どのみち、あと、２か月もしないうちに大体は復旧するんじゃないかな？　そう思わない」

「まあ、そうかもしれないけど。でも、暇でしょ？　家にいてもさ」

「まあね、Netflix観てるか、ウェブ検索してるか、そんな感じ。君は？　微妙に仕事あるって言いながら、たいていは暇でしょ？　おかげで、私すっかりアニヲタになっちゃった」

「アニオタ？」

「そう。アニヲタ。ね、君さ、ちゃんとアニヲタの「ヲ」をちゃんと難しい方の「ヲ」で思ってる？　アニオタじゃないからね、アニヲタだから」

「わかった。アニヲタだね」なんだよ、ちゃんと思ってるって？　そう思いながらも、僕は難しい方の「ヲ」を浮かべながら言った。

「Netflixって国内のアニメがかなりあるんだよね。で、1話観てそのままずるずると観ちゃって。なんか癖になる。君は何観てるの？」

「俺はTiger King観てた」

ああ、なんか流行ってるらしいよね、呟きながら十花は湯船の縁に手をやり体勢を変える。ぴちゃりとまた湯の揺れる音がする。「たしか、アメリカで虎を飼ってる人のやつでしょ」

「そう。虎を飼ってる人同士でいがみ合っててさ。それでリアルに殺人未遂にまで発展したんだ」

そして、Tiger Kingは今刑務所にいる。あのドキュメンタリーでは、虎やライオンなんか猛獣類を飼って、それで商売をしている人が3陣営でてきた。Tiger Kingことジョー・エキゾチック、彼が尊敬する元祖猛獣飼育者《ビッグキャット・ブリーダー》ドク・アントル、それからTiger

King の宿敵であるキャロル・バスキン。キャロル・バスキンはビッグキャットの保護者を自称し、ドクと Tiger King が商売に動物を利用し虐待しているとして彼らの活動を妨害する。それに抗う形で Tiger King は彼女の暗殺を殺し屋に依頼、それが露見し殺人教唆の疑いで彼は逮捕される。刑期はたしか22年とかそこらで、多分50歳は過ぎている Tiger King は生きて出所できるかどうか微妙な線だった。なんだか三文芝居みたいな展開で、バックボーンを知らずに見始めた僕は、てっきり出演者もみんな役者なのだと思っていたが、エピソード3を観終わったところでネット検索してみると、本人たちが出演するドキュメンタリーなのだとわかった。

Tiger King の説明をしていると、念のため洗面台まで持ち込んでいた Xperia が振動した。仕事関係の連絡しか通知が来ないようにしていて、それも相手を絞っていたから、メッセージの内容が気にかかる。可能性はそう高くないが、緊急に対応しなければならない件かもしれない。ちょっとごめんね、そう言い残し僕は湯船から出て、洗面台へと歩いた。ぽたぽたと湯が床に落ちた。足ふきを出していなかったから、風呂場と脱衣所のしきりから手を伸ばして足ふきマットとタオルをとる。それから乱雑に足と体を拭いて Xperia に手を伸ばす。

Slack のメッセージだった。相手は崔永洙さんで Slack 上のハンドルネームは yonce、今の案件を一緒にやってる韓国サイドのSEだった。研磨機械のメーカーがドイツ製の生産管理ソフトをやめて、もっとオープンで自社メンテナンス可能なシステムに入れ替えるために僕の取引先に発注した案件だった。目立たない分野だが、その研磨会社は知る人ぞ知る優良企業で、時価総額も流行りのベンチャー企業なんか目じゃないくらいに高い。

この案件には、システムの問題点や改善点を洗い出すためのコントロールリリースの段階が設けられていて、韓国支社で手始めに使用することになっている。うまくいけば、億単位の年間費用を一桁ダウンさせることができる。そんなこともあり、導入費としては相当な金額で受注したそうだ。

韓国の工場とオフィスは釜山にあるのだけれど、7年前に規模を半減し、一時撤退も検討したと聞いている。経緯は知らないが、結局残すことになり再び規模は拡大傾向にある。yonceは、韓国側のSEとは言っても件の研磨機械メーカーに所属しているのではなくて、その外注先の下請けだった。孫請け同士で案件を進めていくのはこの業界では、一種のあるある話だ。

yonce: 안녕하살법

Slackのメッセージフィードにはこうあった。yonceが言うには、なんでもこれは今韓国で流行っている挨拶だそうだ、これにはお決まりの返信があって、

tokiot: 안녕하살법 받아치기

と返さなければならない。意味を把握してはいないけど、郷に入っては郷に従えという言葉もあるし、この仕事はコミュニケーションが重要だ。これくらいで円滑になるなら、安いものだ。

yonce: すみません。お休み中でしたか？

tokiot: 休みというか、不可抗力的な休業状態ですね。でもyonceさんとの案件だけは動いているからむしろありがたいくらいですよ。
ところで、何かありましたか？

韓国語がからっきしできない僕にあわせて、例の挨拶以外のやり取りは日本語でやって

いる。一方的に負荷をかけているようで、申し訳ないような気持ちになるが、かと言って、お互いの母語ではない英語でやり取りするのも違うなと思った。yonceも韓国語の次に得意だという日本語でやり取りをするのが最適解だ。その方が誤解も確認も減る。この場合、フェアネスより効率を優先した方がいい。

yonce: 先週納品していただいたモジュールですが、dllのバージョンが一部デグレってるように見えます。つぶしたはずのバグが再現して、調べているとわかりました。

そう指摘されて僕は過去にSlackで送ったファイルを確認する。そのファイル群をまとめたのは、古くから付き合いのある、個人でやっている福永さんというプログラマーだった。無茶な納期を聞いてくれるので助かっているのだが、時々仕事が粗くなる。ソフトウェアのバージョン管理なんて基本中の基本だ。いや、でも考えてみればこんな風なミスが増えたのは、2年ほど前のことで、その頃から冗談交じりに「アル中気味でさ」と彼が言うことがあった。それが冗談として笑っていられるのは、締めるところは締めるからだ。続く自粛の中で酒量が増しているのかもしれない。気にはなるが、ほとんどメールや、グループワーキングツールでのやり取りだけの付きあいだから実態はよくわからない。福永さんとは10年以上前に一度だけ飲んだことがあった。たしかMicrosoftの案件の打ち合わせの帰りだった。当時Microsoft Japanは新宿南口のサザンテラスの中の、小田急サザンタワーにあった。クリスピー・クリーム・ドーナツの日本1号店が近くにあって、打ち合わせで向かった際、客が行列していたことをよく覚えている。あれだけ人気があったというのに、今や1号店は閉店してしまったというのをそう言えばこの間知った。PR会社がまだ容易に流行を作れていた時代だった。

などと頭の片隅で考えながらPCをいじるために部屋へと戻る。カバンからVAIOを取り出して、画面の放つ青白い光に目を細めながら、Slackで福永さんに確認を依頼する。同時にバージョンがおかしくなっているdllの正しそうなものを履歴から抜き出して、念のため一揃いにしてyonceに送る。

tokiot: すみません。僕の方でパッケージしなおして送りました。これで動くかどうか試してもらえますか？　担当者には並行して確認中です。

yonce:(´◇`)ゞ

そんなやり取りをしていると、タオルを体に巻き付けた十花の姿が見えた。

「仕事、おわった？」

「いちおー一段落」

そ、と小さく言って彼女はベッドの端っこに腰かけた。「仕事なくて暇って言ってなかったっけ？　む、無能な人ほど仕事にひきずられるよね」

「や、暇なんだけどね。こういう微調整は時々」

「どうしても今日会いたかった？」

「それもある」

僕が言うと、十花は左手を軽く顎に添えて、

「お可愛いこと」

と言った。それからこらえきれないという風にぷっと声を出して笑い、四足歩行で僕の隣まで来る。またSlackのメッセージ。僕はそれを横目で見る。

yonce: ばっちり動きました。

tokiot:(´◇')ゞ

僕はVAIOを閉じた。四足歩行してきた十花を受け止めて、そのまま僕は仰向けに倒れ、組み伏される。ダウンライトがまぶしくて、表情がはっきりしない。性的な行為が始まる前、やはり自信なさげに目を逸らしたのはわかる。それから十花はスイッチが入ったようになる。

*

「ねえ、なんでそんなにいつも自信満々なの？　おかしくない？　頭おかしくない？　それともあれなの？　自分のこと神かなにかだと思っているの？」

そう言ったときの十花の詰問口調を僕はおりに触れ思いだす。食事に行ったのはあれが何回目だったっけ？　とても昔のことのように感じるが、まだ出会ってから1年弱だからそう遠い過去のことではなかった。彼女は僕より4つ下だが、この年になってくると誤差みたいなもの、――というか性別による成熟度を考えれば、時に自分がずっと年下のように感じることもある。

彼女とはいくつかの共通点があった。20代で結婚して、5年もしないうちに結婚生活が破綻した、初婚敗残者の一人であること。地方の公立高校出身で大学進学のために上京してきたこと。それから、まともな就職活動をせずにぬるりと社会人になったこと。でもそんな風に社会に出た要因は彼女に言わせればまったく逆であるそうだ。つまり、彼女は自信のなさゆえに誘われるがまま今の会社に入り、僕は自信過剰のために、どうにかなると思っていたから。

果たして、僕は自信過剰なのだろうか？　自分ではよくわからない。単に適切に自分にできるだろうこと、できないだろうことを把握して、極力最低限の出力で人生を渡ってきたとは認識している。それがある人には自信過剰に映るし、ある人には諦念に満ちた生き方に映る。若すぎる諦念と捉え、付き合いきれずに離れていく人もいる。

昔から、何か目的や目標を持って生きるのは苦手だった。だらだらとした大学生活を送っていたくせに、就活となると急に染めていた髪を真っ黒に戻す同級生を醒めた目で見ていたし、今でも取引先で会社から与えられたミッションを成し遂げることに疑問を差しはさまない管理職を見ると薄ら寒い気持ちになる。ねえ、なんでそんなに必死なの？　真顔でそう訊ねたくなる。だって、別にこの世に生まれたくて生まれたわけではないでしょ？　それなのに、元気いっぱいに、爽やかに社会に適応してて恥ずかしくないの？　その爽やかさにげんなりしている僕に悪いと思わないの？　できれば僕は世の中の人にもっとひねていて欲しい。別に張り切って生きるつもりなんてまるでないけれど、必要最低限の決まり事《コード》は守りますよ、という風であって欲しい。三文ラッパーみたいに、生まれて来たことに感謝、yeah、友達に感謝、yeah、親に感謝、地球に感謝マジ感謝、そんな風にはつらつと感謝して生きていくことをよしとしないで欲しい。人生なんて臍で茶を沸かしながら、何かのついでみたいに造作もなく渡っていけることを皆で証明して欲しい。

「やめてよそんな悪口。なんか殊勝みたいな言い方をしているけどさ、あんたは単に不遜で傲慢なのよ。だから、誰かを必要とすることができないし、本当に誰かから必要とされることもない。いい？　不遜で、傲慢で、ついでに不能なだけ。違う？」

出て行った後、手続きやら荷物の受け渡しの際に元妻は言った。どうせなら出ていく前に言って欲しかったが、元妻に言わせれば、「言ってたじゃない？」ということになる。おそらくこちらの感知能力の問題なのだろう。正直この年齢になってくると、体の関係のある異性くらいしか本当に思っていることは言ってくれないし、古くからの友人・知人も傷をなめあうか、耳当たりの良いことしか言わなくなる。まして、個人の裁量で仕事をしているとなおさらだ。そうする内にどんどん厚顔になって、感度も低くなり、腐臭を放っているのは自分なのに、その匂いに顔をしかめる相手に不愉快な目を向ける立派な中年男性が完成するのだろう。それまでもうしばらくのことだ。

それにしても果たして、僕は不遜で傲慢なのか、自信過剰なのか。どちらにしろ誉められてはいないが、まだ少し自信過剰の方がましなような気もする。ある種の成長を成し遂げたのか、あるいは十花が僕に遠慮しているのか、元妻とは受け止め方が違うのか。

十花の悪口レッスンの過程で、自分のこと神かなんかだと思っているの？　と聞かれた時、僕はなんて答えただろう？　常識的に考えれば、神だと思っているよ、と答えるわけはないので、多分、神だとは思っていないよ、と答えたはずだ。実際に思ってないし。しかし、何と言うか、誰かに言われて、印象的だったことは覚えているが、自分が誰に何を言ったのか覚えていないことが近頃とみに多くなった。思いだせないことをちゃんと思い出さずに当たり前に流すのを繰り返すと、脳が老化していくという説をどこかで聞いたような気がして、依怙地気味に僕は回想する。あの時、僕はなんて言ったっけ？　確か神保町のどこかの店で、金曜日なのに客は少なかった。十花の髪は今より長かった。肩にぎりぎり届くかどうか、という長さ。コートのいる季節ではなかったはずだ。胸元で布地がクロスするようなデザインのニット。胸の谷間までは見えないが、白いデコルテが店の雰囲気に映えていた。その台詞を言うときの彼女の表情が、あぶり出しのように、じわりと脳裏に浮かんでくる。アルコールが回って、良い感じに緊張感もほぐれていた。さすがに今はそんなことはないが、二人で会うようになってもしばらくはいつも彼女は緊張していて、その感じも僕の琴線に触れるものがあった。そんな女性が徐々に厚かましくなっていき、無遠慮に、あたかも当然の権利のように、僕の領域へと踏み込んでくる変化を僕は好んだ。もしかしたら、それはあらゆる人にもっと人生や世界をなめくさって、臍で茶を沸かしながら生きて行ってほしいという思いと同根の感情かもしれない。あるいは単に僕のフェティッシュの問題で、ひとり春琴抄野郎なだけか。

「そう？　そんな自信満々に見える？」そうだ、僕はそんなふうに前置きしたうえで、「もっと皆さんに人生をなめくさって欲しい」理論について語ったのだった。

僕は人々に、自分の能力以上の評価を得るのは損だという認識で生きて欲しい。例えば能力が10の人間が社会的評価を5しか得られていない場合、それは社会に対して5ポイント貸し付けているのであって、要はボランティア的に奉仕してあげているのだ、と思って欲しい。逆に言えば、能力5の人間が政治力やらマーケティング能力でもって10の評価を受けている場合、5ポイント余分にもらってしまっているのであって、それは一種の搾取であり、もう少し穏当な言い方をするなら、世界に借りがある状態である。そのような状態で生きることは恥ずかしいと思って欲しい。発揮した能力以上の評価をできるだけ得られないように、ぶっきらぼうに、人に腹立たしく感じられるように、長いものには巻かれず、大事にしてもぜんぜん得しない人間を尊重する。そんな風に世界に貸し付けをしながら皆さんには生きて行って欲しいし、それが本当の誠実さではないかと思うし、まわりまわって世界平和にも寄与するはずだ。だから、うまくやろうと思わないで欲しい。

と、そんな話を僕はあの時した。十花は笑った。

「ひどいな。君がやれって言ったから話したのに」と僕も笑って言った。

「自信満々なのかどうかもよくわからなくなってきたな」

「そう言ったのはそっちだろ？」

「そうだけどさ、」またひとしきり笑って、笑みの雰囲気をわずかに口元に残したまま十花は続ける。「でも、だったら君はちゃんと5ポイント貸し付けた状態で生きてるの？」

「厳密にポイントを判定できるわけではないけど、方向性としてね。俺の発揮していることの割にはたいした評価を得ていない。ほんとならフィーだってもっと高くしてもいいはずだし、世間からもっとちゃんとした人間だとおもわれてもいいはずだ。嫁に罵倒されて出ていかれるいわれだってないはずだ」

「出て行ったのは前の奥さんの自由意志でしょ。世界からの評価じゃなくて」

確かにそうだった。「あくまでモデル化して言うとっていう話だよ」

「そういうとなんだか客観的な感じがそこはかとなく漂うけど、モデル化する際に主観が混ざりこむことは避けられない。結局君がどういうフィルターで世界をみているかっていうのと、自分が世の中からまともな人間だと思われていない、ってことぐらいしか伝わってこないな。それにしたって、全部君の主観なわけだけどね。君が自分のことをどのくらいまともだと思っていて、そして世間が君のことをどれだけまともだと思っていると君が思っているのか」

僕はいたって本気で「皆さんに人生をなめくさって欲しい」と思っているのだし、その一環として極力出力したことの評価が低まるようにやっていて、出力の割に評価されようとしている人間は不誠実であり、どれだけ貶めてもいいと思っている。けれど「考え方が偏っている」と言われることも多々あり、そんな時は積極的にはそれ以上話さない。たしかに傲慢で、鼻持ちならない話に聞こえるかもしれない。露悪的でもある。

けれど人生はとても不平等なのは否定できない事実だ。富にも才能にも偏りがあるのに最適なふるまいみたいなものがはびこっていて、そのコードを押さえていると世界は円滑にまわっていくが、それはそもそもの不平等や偏りがそのまま保存されていく方向に与する行為であるように僕には見える。そのことを言語化できない人々は、誹謗中傷も、真心も、全部薄笑いを浮かべてスルーするスキルを日々鍛えている。世界には薄笑いが満ちて、それがどこまでも続く。スカイツリーの第二展望台からのぞんだ関東平野に立ちならぶ家々のように、水平線、地平線の先までその薄笑いが続いていく。僕が露悪的になるのは、それが気持ち悪いからで、もしかしたら十花が僕のゆがんだ考えを聞きたがるのは、自分がその薄い笑いを浮かべる側にいることへの不快感からだろうか？　だったらいいな、と思うけれど、ただの願望の押し付けの可能性もある。

「じゃあ、悪口の練習しよっか？」

初めて十花と会った時、僕は露悪気味にそう言った。十花は少し驚いた顔をする。とてもべたな表現で、できるなら避けたかったが、「鳩が豆鉄砲を食ったような顔」だな、と僕はその時確かに思った。しかし、僕は豆鉄砲なるものを使ったことはおろか、見たこともない。でも、その表情はありありと思い浮かべることができる。不思議だ。

「あんまりちゃんと悪口を言ったことないでしょう？　愚痴とかじゃなく、ちゃんとした悪口ね。単に人を貶めるために、悪い部分を誇張して言う。ストレスが溜まっていて思わず言ってしまうとか、心の辛さを癒すためのものじゃなくて、もっと積極的な攻めの悪口。インターネットの掲示板に書かれているようなあれ。あれをちゃんとこの場で発生させて、この場で消費する」

「なんでそんなことをやる必要があるの？」

「足りてないからだよ」

「足りてない？　悪口が？」

「や、足りてないというのは違うかな。本来発散すべきところで発散せずに、別のところにぶつけている。そして、目の前に薄笑いだけが残る。それで遠くで誰かが死ぬ」

うすわらい、と彼女は小さくつぶやく。最初の方は声になっていたけれど、最後の方は声にならず口が動いただけだった。

「例えば、」僕はそう言って、彼女の背後の席を視線で示した。「あの、30代くらいの男。短髪で、紺色のジャケットを近くにかけていて、向かいに座る女性は背中のあいたベージュのワンピースを着ている。小太りとまではいかないけど、ベルトに少し贅肉が載っている男。彼について何か悪口を言ってみて」

「知らないから悪口なんて言えない」

「知らなくても悪口くらい言えるさ。外見的な特徴を揶揄してもいいし、想像を押し付けてもいい。なんだっていいんだ。ただの悪口だよ。彼の名前はきっと村田君だ。村田君についてここでどれだけ悪く言っても、まさかあの人も自分のことを言われているとは思わないよ。だから遠慮なく村田君のことをぼろかすに言えばいい。どうってことない、だってあの男を元にした村田君なんて男は本当には存在しないんだから。あの男を材料にしたフィクションだ。僕と君の中でだけ、そして村田君を話題にしている今だけしか存在しない」

僕と彼女は席を替わった。その方が自然に村田君のことを観られるからだ。十花の視線は僕の肩を越えて、村田君に注がれる。今日連れているベージュのワンピースの女とはそう深い関係ではなさそうだった。でも、村田君は何とか関係を深めたいと思って必死で話している。努力家なのだ。さっきまで見ていた村田君の残像を味わっていると、目の前の十花がうなずいた。

「すっごい地上波熱心に観てそう」

「村田君の話？」

「そう、村田君の話。毎日観たい番組が目白押しで、ＨＤＤレコーダーが回りっぱなし。休みには録りためたお笑い番組を観ている。なんて言うんだっけ？　なんか階段みたいなところで並んで、司会の人に話を振られて『面白い話』をする係の人」

「雛壇芸人？」

「多分それ。そんな雛壇芸人が大量にでてくるお笑い番組が好きで、自分もそこそこトークができると思っている」

「休みの日は何してるの？」

「村田君の話？」

「ここで議題になっているのは村田君だけだよ」

「ほとんど雛壇芸人のお笑い番組をみていて、他に趣味なんてない。今日みたいにたまにデートに付き合ってくれた女の子にメッセージをおくってみても、一回既読スルーされると、それ以上勇気が出なくて、また雛壇芸人観賞に戻る。それで、笑っている内にだいたいのことは忘れる。けれど、ふとした時に涙が出てくる」

「なんか、ちょっと同情入ってきてない？」と僕は言った。「あんまり悪口を言い慣れてない人のよくないところだよ。どれだけ下らなく見える人だって、見どころはある、頑張っているところはある、ってそんな風に考え始めると悪口なんて言えないよ。そりゃ誰だって、いいところや可愛らしいところの一つや二つはあるんだから」

「や、そもそも、なんで知りもしない人のこと悪くいわなきゃいけないのかわかんないし」

確かに僕もよくわからなくなっていた。でも時々、お行儀のよさを求められ続けることに何とも言えない居心地の悪さを覚えるのは確かだ。できるだけいいところを見よう、手戻りは若干あるかもしれないが基本的に世界はどんどん良い方向に、優しくなっていっていて、正しく生きていれば、誰も傷つかず、貶められず、健やかに生きていける。素晴らしいことだ。僕が不快に思うのは、予期される健やかな世界なのかもしれないな、と思った。折り目正しく、決まり事を冒さない、虐げず、虐げられない、薄笑い――、ではなくて、静かな理知的な笑みで満たされていく。それが正しいのだし、それこそ良いことなのだ。悪口とか悪辣さとか、露悪的とか、悪がついているものは、文字通り悪でいらないことなのだ。良い世界から排除され、大きなおどろおどろしい形をしたその悪魔じみた悪は息も絶え絶えに、生きられる場所を探して闇を這う。けれどもそんな場所はどこにもなくて、力の限り這い続けて、最後にピクリと痙攣してこときれる。

＊

「あんたは結局私のことを馬鹿にしているんだよ。私だけじゃなくて、全部馬鹿にしてんのよ。自分以外の全員を馬鹿にしてる」

夫婦生活が完全に駄目になった日、――と僕は認識しているが、多分そうではなくてもっとずっと前に駄目になっていて、どちらかと言えばあれは追認の工程だった。けれども、きっとその時にちゃんと修復することができれば、まだ間に合ったことも確かだろう。ただ若かった僕は日々の生活に疲れきっていて、抗弁する気力がなかった。あの頃、自分以外のこと、自分が良いと思うことを阻害するものについて、とても否定的な気分になっていた。周囲と同調できず、すらっといけば簡単に通り抜けられるはずのところを渡りたくなかった。誰かと比べられることを拒否していたのは僕の臆病さもあっただろう。でも、それだけではなくて、自分なりに大事にしなければならないことを追求している気持ちもあった。これだけ生きていくのにイージーな国に生まれて、そう裕福というわけでもないけれど、大学くらいは出してもらえた状況で、新卒で一括採用されて平均レベルより恵まれた生活を望む大学の同級生たちが欺瞞の固まりに見えた。世界の暗部から目を背けることがうまい、小器用で育ちが良くて、そして悲しいほどに善良な人たち。

でも、結果的にどうだった？　果たして俺に何ができた？　出来上がったのは、ただの性格の悪い、口の悪い、中年にさしかかった取るに足らない男ではないか？

いや、そんなことはわかっていた。いくらなんでも自分だけが特別だなんて思っていなかった。多少珍しい道をたどったとしても、結局は多勢の中、もしかしたらあれだけ否定していた「自分以外」よりも醜い自分自身にいきつくことを。そのことを僕はちゃんとわかっていた。

僕はすべてを馬鹿にしている。どうだっていいと思っている。安穏とこの世にあることが不快で、何の批評性もなくただ生きている人間を馬鹿だと思っているし、不快に思っている。なぜ生まれなければいけなかったのか今でもわからないし、きっとわかることなんてない。たぶん理由なんてないからだ。どす黒くて、退けることができないからからに干からびた石ころみたいなもの。それを僕は誰かと共有したくて悪口を言う。ねえ、こんなくだらない、糞みたいなことが言えたよ。真面目に生きていくことがばかばかしくなるような、どす黒い、干からびた石ころそのもののような悪いものだよ。それが僕の中心にはあって、きっと火葬されても喉ぼとけとともにそれが焼け残るんだ。ねえ、こんな男と誰が一緒に生きていける？

十花は風邪気味で、微熱、と言っても彼女は平熱が高いから、37・5度がもう3日続いているらしい。緊急事態宣言が来週の6月1日には解除される見込みだった。月の初めに一緒に過ごしたホテルで我々はまた落ち合った。

十花はたびたび僕に悪口を浴びせようとする。けれどもどれも僕の心を痛めつけることはなく、セックスの味付けになるだけだった。付き合い始めた当初は震えながら言っていた十花だったが、もうそんな風でもなかった。どんなことだって結局は日常を彩る風景になっていく。

何回か果てた後に、Xperia をみると、また Slack のメッセージが来ていた。見ると

yonceからだった。当然最初のメッセージは、

yonce: 안녕하살법

で、いつも通り、

tokiot: 안녕하살법 받아치기

とすぐに返す。

「何、韓国語でやり取りしてるの？　てか無知蒙昧そのものの君にそんなことできるの？」

そのやり取りを見ていた十花が言う。スマホ画面の光が、彼女の頬を照らす。濃い目のファンデーションを塗ったみたいにのっぺりして見える。

「や、最初の挨拶だけだよ。なんかの定型句らしくてさ、こう返すのがお決まりになっている」

「どういう意味なの？」

「知らない」

十花がXperiaを手に取って、操作をする。少し目を細め、そして開くと、翻訳結果が表示されていた。

アンニョン殺法

とある。アンニョン殺法？　なんだそれ？

見ていると、僕がいつも返すハングルの文字列も同じように翻訳にかけ、同様にすぐに翻訳文が出力される。

アンニョン殺法受け打撃

アンニョン殺法受け打撃？　一体このやり取りは何だったんだ？　全く気にしていなかったが、さすがに意味がわからず、少しうろたえる。そんな僕を横目に、十花は「なるほどね」と賢げに頷いた。

「これは正式な日本語で言うと、『こんにち殺法』と『こんにち殺法返し』だね。韓国で流行っているって聞いたことがある。ほんとだったんだ」

「ん？」

「挨拶だよ。一方が突然『こんにち殺法』と言って、『こんにち殺法返し』と返す」

十花はそう言ってこほこほとせき込んだ。なんとなく背中をさすって、大丈夫？　と聞くと大丈夫とすぐに返したかと思うと、こんにち殺法と言って、頭の上で両手ともにキツネの形を作る。また、小さな咳が出る。

「コロナだったらどうしようかな」

「覚えがあるの？」

「すごく感染力強いらしいじゃない？　身に覚えがなくてもうつるらしいよね」

「味はする？」

「鼻がつまり気味だから臭覚全開ではないけど、しなくはないな。でも不思議なウイルスだよね。強いんだか弱いんだかわからない。一応私も真面目に自粛していて、会うのはコンビニの店員さんと君くらいだから。コンビニの店員さんは透明なビニールに挟まれた向こう側にいるからもし私がコロナだったとしても、きっとうつらない。うつるとしたら君だけだよね。だからこんにち殺法返しした方が良いよ。うつるよ」

そもそも会う前から、十花の体調が悪いことは聞いていたのだ。そして当然の流れとして、そのLINEのやりとりでも、もしコロナだったらどうする？　みたいな話になって、「別にいいよ」、「うつるならしょうがないよ」、「そんなことより濃厚接触しようよ」という話をしたのだった。そうする内に電話で話そうという流れになって今やっているような会話をした。繰り返しのやり取りをする機会は意外と多いものだ。今のやり取りと違ったのは、その時の電話では「そんなリスクをおかしてでも私と濃厚接触がしたいんだね」と十花が言って、僕が笑って答えると、「お可愛いこと」と見下したように言ったことだった。

それから僕はコロナウイルスの遺伝子の塩基配列の話をした。あらゆる生き物の遺伝子を形作るコード。すべての生物の遺伝子は4要素の塩基配列で表現される。新型コロナウイルスの容量は一説によれば8000字程度、原稿用紙にして20枚、コード長で表現するなら8 kbyte。たかだかその程度の長さのコードが世界の動きをぴたりと止めてしまった。そして、今もまさにそのコードが最も世界に影響を与え続けている。もしかしたら、歴史上でも有数な出来事かもしれない。僕だってプログラムコードをせっせと書いてきたのだけれど、与える影響と言えば、せいぜいが大手企業の業務効率を10％ほど上げる程度だろう。新型コロナウイルス、COVID−19の８０００字の前ではいかほどのものなのか。

「じゃあ、聖書はどうなのかな？　かなり人類に影響をあたえたんだと思うけど」

「1字列当たりの影響度で言うと、今回のコロナの方が上かもね」

――僕はそんなやり取りを思い起こしながら再び濃厚接触を始めようとする。

「ほんとに私がコロナで、君にうつったらどうするの？」「その感染によってウイルスが悪質化して、世界中にはびこったらどうするの？」「それがきっかけで、人類が絶滅したらどうするの？」

十花の首筋に舌を這わせる僕のうなじに、こほこほと吐く十花の咳があたる。知らないよ、だとしても、たかが絶滅だろ？　その内に放っておいてもまた、なにか人間みたいなものが生まれてくるよ。生まれてこなくてもいいんだけどね、別に。お前の中のぬめぬめした気持ちのいいところ、それに似たぬかるみから何度だって生まれてくるよ。ぬめぬめとした泥の中から、蛇みたいにひょろりと生まれてくるよ。だから今はそんなことより濃厚接触しようよ。だってたかが絶滅だろ？

十花は眠り、僕は彼女の額になんとなく手を当てる。熱は最初より低いように感じたけれど、正確なところはわからない。でも高熱というわけではなかった。今日はなんだかとても背徳的な気持ちになって、久しぶりにとても興奮した。

十花の寝ている間に、yonceとお決まりの挨拶をして、それからシステムのコントロールリリースまでの段取りをつける。それから何となく、ウェブブラウザを立ち上げて、人類の人口推移を見た。前に見た時は77億7777万7777人。あれから3週間ほどたって、人類は77億8546万8521人になっていた。700万人以上増えている。どこまで増えるんだろう？　もちろんこれからも順調に増え続けるだろう。そうする内に、8000字のウイルスは特効薬やワクチンによって、絶滅の縁に追いやられ、悪い蛇みたいに生きていく場所がなくなってこと切れるだろう。追い詰められて、ぜいぜいと息をきらせて、最後のとどめとばかりに頭を貫かれて息絶える。

そうなる前に、もし僕がコロナにかかって死の淵に立ったなら？　呼吸をするたびに肺にガラスを突き刺したような痛みが走ったなら？

そうしたら僕はすべての存在を呪うだろう。8000字のウイルスを舐めた自分の態度を呪うだろう。濃厚接触をした自分自身と、ソーシャルディスタンスを守らずに疫病を蔓延させた人々を呪うだろう。この世に生まれたこと自体を、感情や思考や痛点や神経をもつ存在であることを呪うだろう。

あらん限りの悪口を、世界に向かって吐くだろう。

つくつく法師

疲れているからか妙に感じやすくなっている。目に映るいろいろなものから、死の匂いを感じる。ファンの音が響くサーバールームから出て、地面の空気が揺らいでみえる灼熱の緑道を歩きながら、目に映った敷石の上に落ちる油蟬の翅――それは速足で通り抜けた誰かの靴で踏みつけられて、ところどころ破れてかすんでいる。少し離れたところには烏の羽根も落ちているけれど、それは死の匂いを纏わない。

僕は筝太と手を繋いで緑道の先のコンビニエンスストアを目指して歩きながら、朝だというのにやたら強い日差しに目を細める。筝太は昨日もまた1話だけ見た『鬼滅の刃』について話している。物語の終局で誰が死んで誰が死なないのかを聞いてくる。

「たんじろうは死ななくて。ねずこも死なないんだよね」

「知らないよ、ママに聞いてみれば」

実際に僕は原作を読んでいなくて、筝太と同じ回をNetflixで見ているだけだから筝太と同じだけしか知らない。

「きっと、ぜんいつも死なないよね。こちょうしのぶさんはどうなのかな？　知ってる？　あとね、かなをちゃんは可愛くて強いんだよ」

知っている登場人物について語り続ける箏太は突然、あ。と声をあげる。

「ハネだ」

それは、さっき僕が気づいていたものだ。

蟬の鳴き声は早朝だからか少し小さい。箏太の顔はとても真剣なふう。

じじ、と小さく最後に鳴いて、蟬が1匹飛んでいく。

*

コロナ騒ぎも働き方改革も一体どこにいったんだよ？

心の中でそう呟きながら、この3日間ほとんど寝ずにずっと働きづめだった。けれどその憤りには、欺瞞がある。コロナ騒ぎも働き方改革もどこにも行っていないからこそ、僕は働きづめだったのだ。企業や自治体の急ごしらえのリモートワーク展開の最中、ある取引先で、僕の会社から納品している基幹システムのバージョンアップに問題が生じたのだ。うちの会社はそのシステム自体を販売しているわけではなくて、他のシステムも合わせてシステム全体を納入したのだった。だからパーツそれぞれの責任は個別のメーカーに問うとしても、全体の責任を問われるのはやはりうちだった。もちろん動かないシステムのメーカーに問い合わせはする。でもまずは僕がお客さんに怒られなければならない。「誠に申し訳ありません。すぐに復旧、原因の究明、そして再発防止策をまとめます」と型通りの謝罪を行いながら、不具合を起こしているシステムメーカーに連絡を取る――のだけれども、海外のソフトの管理画面を日本語化《ローカライズ》して販売しているだけの、メーカーと呼ぶよりは代理店といった色が強い会社だったから思うように対応が進まない。担当者は謝ってくれるが、本国の対応が鈍くてどうにもならない。そんな事情を知りつつも、怒ってみせるのも僕の仕事なのだ。だが「型」として怒るのが僕は得意ではなかった。それに時代はパワハラ、セクハラ、#MeToo なのだ。そんな弱腰をなじる方が悪い。「まあ、とりあえずできるだけ頑張りましょう」とだけ声をかけ、善後策を社で話し合った。

問題になっているのは、製造プロセスのフローを管理する基幹システムのバージョンアップを行ったところ、一部の拠点からアクセスができなくなり、業務がストップしてしまったことだった。メールでのやり取りで間に合わせているが、業務効率低下が著しい。コロナ騒ぎで需給自体が逼迫していないからまだ助かっているが、多分同じ理由でいらいらしている担当役員がえらく怒っているらしかった。これまではその基幹システムに標準で組み込まれたリモートアクセスの機能で問題なく稼働していたところ、それがおかしくなってしまったらしい。システム自体には問題はなく、接続できないだけだ。しょうがないので、汎用的なＶＰＮ接続装置を持ってきてサーバーに組み込んで急場をしのぎ、メーカーとともに根本原因を探った。再発防止のために、緊急時の接続パスとして、ＶＰＮ装置は設置したままということになるだろう。その分の費用をメーカーに押し付ける折衝について考えると、気が滅入った。しかしうちに責任がない以上は、ここは心を鬼にして断固押し付けきるべきだろう。ああ、それにしてもめんどいな。

3月に疫病の流行が顕著になり、うちの会社でもできる限りはリモートワークをすることになった。ただ誠意を見せる必要があるトラブルシューティングの場合は、「リモートでお願いします」とこちらからは言いづらい。納入関係各社のメンバーをできるだけかき集めようとしたのだが、結局僕だけが行くことになって、自宅でリモートワークをする顧客と他メーカー担当者とＷＥＢミーティングをする様子はなんだか未来的な風景だった。結局手を動かしているのは僕だけで、他の人は画面越しに「あのプロセスを停止してみて」とか「履歴《ログ》を掘ってみて」とか僕に指示を出してくる。古めかしいディストピアＳＦ

映画の最下級市民にでもなったような気分だった。いや、実際のところそんなSFを作った人たちはこんな状況を想像していたのかもしれない。

なんとか3日で目鼻をつけて対応を終え、顧客に報告し、別の担当者に引き継ぎ、そのまま連休に入った。

朝の日課は箏太との散歩だ。家の前の緑道を通ってその先のコンビニを目指す。4歳児は目が良くて、蟬の翅だけではなく色々なものを発見する。鳥のふん、テントウムシ、乾いてかぴかぴになったみみず、空になった牛乳パック、そのストロー、棒きれ、どんぐり、見て見てパパ象の形をした雲だよ、すずめ、からす、遠くにかかる虹、水たまり、そこで溺れる翅蟻──。そのいちいちに驚いて目を丸くするから、500メートル先のコンビニまでもなかなかたどり着かない。箏太の見つけるものには、生きているのと同じくらい死んでいるものがある。大人からしてみれば、ありふれたもので捨象されてしまっているけれど、子供と歩くことで街にあふれる死の影が僕をとらえる。おそらく僕も子供の頃には、その鮮烈さに息をのみ、立ち止まって脇の大人に説明を求める目で見ただろう。

「パパ、パパ。きめつのやいばで死なないのは誰?」

「だから、知らないって、ママに聞いてごらんよ」

僕はそう繰り返す。それにしても暑い。遅れてきた分、夏はより暑くあろうとしているかのようだ。

*

「蟬の音が聞こえるな」

柊二はそう言ってグラスを置いた。

「蟬の音?」

と僕は言う。僕には全く聞こえなかった。聞こえるのは、ひっきりなしに走る自動車の音だけだ。もう深夜と言っていい時間だから、さすがにたまには車の音が途切れても良さそうだけど、どういうわけだか途切れない。そもそもこんな時間に蟬ってなくんだっけ?

夏の度に、蟬には慣れるはずなのに、過ぎ去ってしまえば不思議なほど覚えていない。夏の暑さにも冬の寒さにも毎年僕は驚いてしまう。

聞こえないよ、と言うべきかどうか僕は迷っていた。多分、柊二には聞こえているだろうから。

「暑いね」僕はそう言って、缶ビールを飲んだ。健康志向の発泡酒が出回るより前のことだったから、麒麟かアサヒかサッポロのラガービールだっただろう。でもそんな細かなと

ころは今となってはもう抜け落ちていて、思い返す度に細部が違って蘇る。

*

僕が初めて小説もどきを書いたのは、確か10年以上前のことだ。当時僕はまだ20代だった。20代といえば誰もが全容不明の終わらないジグソーパズルの最中にあって、でこぼこのピースをああでもないこうでもないと必死ではめようとしている時期だ。当時僕はいくつかのピースを無理やりにはめ込んで、3人の女性と定期的に会う関係を築いていた。でもある時、女性たちは同時に去っていった。一人は配偶者の転勤のため、一人は真面目に付き合う相手ができたため、一人は年齢的な限界を感じるためこういうのはもう引退ですとその理由は様々だった。無理やりにはめ込んでいた3辺が一挙になくなって途方に暮れていたある日、コンビニで難しい顔をしながら雑誌を立ち読みしていると「芥川賞発表」と書かれた雑誌が目についた。聞いたことのある文学賞が、なぜ雑誌に発表されるのだろうと素朴に疑問に思い、その分厚い雑誌を手に取った。

後から知ったのだが、芥川賞受賞作は雑誌掲載の作品が選考対象で、受賞作は単行本としても出版されるが、月刊『文藝春秋』に全文掲載されるのが通例であるらしかった。そうとは知らず、僕は立ち読みしていた『週刊プレイボーイ』を棚に戻し、芥川賞受賞作品を読んだ。作品のタイトルも内容も覚えていないけれど、このくらいなら自分でも書けそうだなと思い、書いたこともない小説を書いてみようと思い立った。

小説を書くといっても作家になりたいとか、何か立派な文学賞をもらって顕彰されたいと思ったわけではなかった。それはあくまでジグソーパズルの一環としての試みだった。なにせ僕は三つのピースを失ったばかりで、とにかく早く何かをはめ込みたかったのだ。その頃書いた小説もどきは歴代のプライベート用PCに残っている。誰かに発見されると大変なので、死ぬ前には消さなければと思っているが、いつ死ぬかなんて誰にもわからないから、きっとその文章は死後にも残っているだろう。そして、他の生前の恥部とひとつかみに、僕のことに真剣には興味が持てない孫だかひ孫だか義理の娘だかが発見して「昭和生まれのおじいちゃんたらこんなの書いてたんだ」「まったくもう」「これだから昭和生まれは―」と顔をしかめられることになる。だから、ぜひ消さなければならないはずなのに、消せていない。きっと、愛着があるからだ。とても落ち込んだ時にひそかに読み返していたりもする。『週刊プレイボーイ』を棚に戻して、『文藝春秋』で芥川賞受賞作を読んだあの時の感触が正しかったかどうかはわからない。しかしその文章が少なくとも僕の琴線に触れるのは確かだった。自分で書いているのだから当然といえば当然かもしれないし、僕以外の誰かが読んで面白いかどうかはさっぱりわからないけれど。

もちろん問題点はある。まず小説として完成していない、あくまで断片的な文章だ。自分の経験したことを元にしたフィクションだから日記とも違う。まとまった形を持たない作り話の、さらにその切れ端。書きかけの小説と言ってしまえばその通りだけど、よく考えてみれば僕は完成を目指してすらいなかったように思う。だから「書きかけの小説」というのとも違っているのかもしれない。それは今残っている形で目的は達成されていて、その続きはないし、誰からも必要とされていない、――というか存在を知りすらしない。僕が死んだ後に、孫だかひ孫だか、義理の娘に発掘され「これだから昭和生まれは」と言われるまでは誰に読まれることもないだろう。

小説の執筆は約10年間、僕のストレス解消法でもあった。仕事で受けるストレスが強ければ強いほど執筆ははかどった。トラブった相手を登場させてやりこめるという単純なことではなくて、キーボードの上に指を走らせWordの白い画面を文字で埋めることで、そこにしか存在しない世界が浮かび上がってきて、それが僕のストレスを吸収していった。負荷の高い現実世界と同じくらい重みのある世界に手を伸ばしている実感が確かにあった。僕が執筆を必要としなくなったのは、箏太が生まれてからのことだ。彼が生まれるまでは僕はここではないどこかを僕の指が作り出せるという実感――たとえそれが拙い物であったとしても――を必要としていたが、彼が言葉を覚え、その水分たっぷりな目で僕や世界に懸命にアクセスを始めた時に、僕のやるべきことが変わった。今であり、ここを僕は整地しなければならない。もっと具体的な嘘をつかなければならない。火山も断層もたくさんある国だからたまに地面は揺れるけれども、それでも地面はしっかりしていて、見なければならないもの、見る価値があるものは今・ここの世界にあふれている。無数の枝分かれの内のいくつかはとても危険な場所へと時に人を誘《いざな》いもするけれど、パパと一緒なら大丈夫。よく目を凝らしてみれば、いつだって正しい選択ができるし、正しい選択へと変えていけるよ。もし間違いをおかして、暗い轍にはまっても、パパは必要に迫られて魔法が使えるようになったからなんとかできるんだよ。

小説もどきは全部で10個くらいある。時代設定も登場人物もまちまちだが、明確な共通点がいくつかある。一つはすべて、「僕」という一人称で書かれていること。そして、その語り手の友人としてか、そうでなかったとしても一人の若い男性が登場人物として出てきて、薬を大量摂取、いわゆるオーバードーズによる自殺を試みる。けれど失敗して生き残る。どの小説もどきの塊にもそんなモチーフが必ず入っていた。ものによってはまったく脈絡なく。ハードワークで疲れ切っていた僕にとって、文章を書くことはただの発散だったのだ。プロットを作ったり、展開を事前に考えたりとかそんなことはしなかった。Word の白紙に向かって思いつくままキーを叩くだけ。シュールレアリスト的な自動筆記に近かった。

たいていの文章はその友人が生還するくだりを書きおえてしばらく続いてから唐突に終わった。なぜ手が止まったのかはわからない。そもそもなぜそんなことを書いているのかすらもわからないのだから当然のことだ。新人賞みたいなものに応募するつもりもなかったし、誰かに読んでもらうつもりもなかった。書いている最中に脳内物質が脳に満ちて心地よくなればそれでいい。当時の僕にとってそんな風にまとまった文章を書く行為はマッサージのツボを探すような行為か、あるいは金属探知機で地中に埋まった財宝を探査するようなもの、言葉を連ねながら、頭の中が心地よくなる方向に書いていく。その時僕の脳はソナーとなって、「快」に近くなれば陶然とした。快感がなくなったら僕はあっさりとその文章を捨て、そうする内にまた仕事が忙しくなってきて、尻切れのまま放置した文章が残っていく。それは、「文章」という名前がついたフォルダに乱雑に置かれている。

箏太がバスに揺られて保育園に行き、妻が仕事に出た後に、僕は仕事の疲れを少しでも取ろうとして再びベッドにもぐりこむ。掛け布団を深くかぶり、その隙間から Xperia で

Netflixを起動して『鬼滅の刃』の続きを見た。箏太と一緒に続きを見る約束をしていたのだけれど、精神的な疲労を取ることだって重要なことだと、自分に言い訳をしつつ再生ボタンを押した。この三日間は本当にきつかった。僕が長男だからなんとか我慢できたけど、多分次男だったら我慢できなかったと思う。

一瞬の意識の断絶があって、ふっと気がつくと、時間の感覚があやふやになる。カーテンごしにみえる光は昼の明るさがあって、頭が混乱する。予期せず寝てしまったときにたまに陥る感覚だ。自分がどこにいるのか、何をやろうとしていたのかを見失う。現実世界との結び目がほどけて、僕がどういう人間なのかすらあやふやになる。でもそんな宙ぶらりんな心許なさは長くは続かない。やがてほどけた結び目がゆっくりと現実世界に結わえられていく。僕は自分の名前を取り戻し、ここがどこなのかを取り戻し、何をやっていたのかを取り戻す。動画を見ながらまどろみを楽しもうとしていたはずが、すぐに寝てしまったようだ。睡眠は一瞬だと思ったけれど、『鬼滅の刃』は、23話だったから1時間程度は経って26話になっていた。たしか箏太と一緒に見ていたのは、23話だったから1時間程度は経っている。ぬけがけしようとしたのが良くなかったのかもしれない。

諦めて僕はベッドから出る。頭が随分とすっきりしていた。時間は正午をちょうど回ったあたりだった。ぽっかりと空いた一人の午後なのに、やりたいことがすぐに思いつかなかった。アルコールを摂ってだらだらするのももったいなく感じるような、気分の高揚があった。疫病に注意しなければならないこんな時期でもなかったら、有楽町のヒューマントラストシネマあたりに映画でも見に行っただろう。真昼間の、閑散とした映画館が僕は好きだった。なんの事前情報もいれず、映画館のスタッフにお勧めの映画を訊ねてみる。満員になるような映画館ならそんな悠長なことをしていられないだろうけれども、暇な映画館のスタッフなら、案外と前時代的なやりとりにも応じてくれるものだ。うろ覚えの知識で若いスタッフが「この映画はフランス映画で」とか「主人公の青年と亡くなった姉の子供との絆を描いたもので」とか「片やこちらは第二次世界大戦中のオーストリアが舞台で、どっしりとした重厚なつくりです」とか、どこか大仰な説明をしてくれて、僕は実際にそれを参考に映画を選ぶ。

建設的な気分を壊したくなくて、結局僕は掃除を始める。書斎、というと大げさだけれども、テレワーク用の作業場も兼ねて一部屋を使っている。スーツやら、ジーパンを仕分けて、2年以上着ていない服はゴミ袋に入れた。Amazon の有料会員を止めようと思っていたことを思い出して退会する。リビングから dyson のスティック型掃除機を持ってきてまんべんなく床の埃を吸い込む。掃除を進めていると、それまで気にならなかったところまで気になってくるものだ。洗面台に行き、タオルが入った引き出しから古びたのを選んで、水を含ませて絞り、本棚の埃を拭きとる。

本棚の一角には歴代のＰＣが積みあがっている。初めて自分専用のＰＣを買ったのは１９９８年のことだ。以降、３年～５年ごとに乗り換えてきた。僕が使っているのはだいたいその時々で最新の薄型ノートＰＣだった。もう使うこともないのだし、実際近頃のソフトには対応していないのだから、捨ててしまえばいいはずだけど、なんとなく捨てられなかった。高校生の頃使っていたノートがなかなか捨てられない感覚に似ている。もちろん、人によって感慨はちがうのだろうが。

懐かしさに駆られるままに、ノートＰＣを開き、戯れに電源ボタンを押してみる。ほとんどのＰＣは反応しない。もう何年も充電していないのだから当然だ。しかし、１台だけは、ぶん、とわずかに物理的な振動をともなった電子音が鳴って、起動をはじめた。ＯＳの version は悪名高い Windows Me だった。評判は悪かったけれど、当時慢性的な金欠であった僕はそれを長い間使い続けていた。

＊

「完璧な密室」

――柊二と僕とが似ていないというのは、あくまでも僕の意見だ。わずかなりとも両方を知る人間に言わせれば、「とても似ている」「最初、ドッペルゲンガーの類だと思ったよ」「え、今でも俺はそうだと思っているよ」といった意見が大半だった。確かに客観的に言っても似ていると思う。が、同一人物と疑われるほどだとは僕には思えない。僕には兄弟がいないからわからないが、兄弟に似ていると言われたときの気分がこんな感じなのだろうか。似通った部分を認めるのはやむなしとして、けれど、それを受け入れた後によくよく見ると差異の方が浮き彫りになってくる、そんな感じ。

「たしかに見分けがつかないほどではないな」

というのがなつみの意見だった。

「私くらいになってくると、全然似てないじゃないか、と主張したくなるくらいだな」

「だよね？」

念押しをする僕に、なつみは、うーんと首を傾げる。

「ただやっぱり雰囲気というか、佇まいというかはすごく似てると思うな。私くらいになってくると顔は全然似ていないと思うんだけど、やっぱりそういうのは似てるかな」

「そうかな？」

「なに？　柊二君と似ているって言われるの嫌《や》なの？」

「いやって程でもないけれど、あいつはどこか気持ち悪いでしょ？」

「あなたは気持ち悪くないと？」

「そういう気持ち悪さじゃなくてさ」

そこまで真顔で言って、にらめっこに負けた人みたいに、なつみは噴き出した。

「てか何と言うか、陰と陽って感じだよね」

「どっちが陰？」

「柊二くん。君はどこか、どうしようもなく明るいところがある」

私くらいになってくると、と彼女が言うのは理由があってのことだった。大学入学しての、誰もがドラえもんみたいにちょっとだけ地面に浮いた状態だった――22世紀からやってきたあの耳なし猫型ロボットが実は地面に接してはおらず、反重力で少しだけ浮かんでいることはどれだけ知られているのだろう？——世紀末の春、なつみと柊二は2か月だけ付き合っていた。どこまでの関係だったかを僕は聞かなかった。なつみと付き合ううちにそういう話題になりそうなことはあったのだけど、その度に僕は話を逸らした。なつみと別れて随分と経つ今も知らない。やはり聞かなくてよかったとも思う。

あの世紀末の春、せっかく東京に出てきたのだから、何か楽しいことを、青春的な成果を求めていたのは僕だけではなかったはずだ。よく知らない人と浅くてどこにも接続しない出会い方をして、今思い返しても赤面してしまうようなことを話し、大学生活というモラトリアムをどう過ごすべきかという難題にどっぷりつかっていた。暗中模索な気分でもあった。多少の無茶ならどうってことないじゃない？　涼しい顔でそう言って、慣れないたばこを吸い、駅のホームに投げ捨てた。それは当時からかなり行儀の悪い行いだったけれど、咎められたことはなかった。禁煙ファシズムが軍靴の音を高らかに鳴らし始める少し前のことで、街のあちこちにたばこの吸い殻が氾濫していた。多少の悪事はばれようもないし、今みたいにSNSで拡散される恐れもなかった。クリーンになる前の、今よりも随分と野蛮で不潔で謎の興奮が社会を満たしていた時代だった。例えば飲み会の中に女性がいたならば、今ならハッシュタグをつけて拡散されるような性的なあおりを多少は混ぜとかないとむしろまずいのかなと気遣うような感じだった。

なつみが柊二と付き合っていたと知ったのは、僕が彼女と付き合い始めた後のことで、それも本人から聞いたわけではなかった。そもそも柊二と僕とが知りあいだったことも彼女は知らなかった。柊二とは、入学時にサークル回りで知り合った。結局二人ともなんのサークルにも入らなかったのだけど、その後も共通の友人を介して何人かで飲む機会があった。その時もやはり柊二と僕とが似ているという話になった。はは、と笑って長い前髪の間から僕を観察するように見た柊二の目が今でも脳裏に残っている。

二人で飲みに行ったのは一度だけだ。確かキャンパスでばったりあって、お互いに夜まで時間を潰す必要があることがわかり、ならそれまでは飲もうということになったのだった。大学から高田馬場へと向かう途中、明治通りと早稲田通りが交差した地点のすぐ脇にある「わっしょい」という居酒屋で僕たちは時間をつぶした。二人きりで過ごすのはその時がはじめてだったが、沈黙の間も気まずくはなかった。相性、といえばいろんな要素があるけれど、本当に相性がいいと感じるのは、沈黙を共有できる相手かどうかだ。もちろん、そもそも沈黙自体が苦手で、誰かと一緒にいるときにはのべつまくなしに話していないと不安に駆られるタイプの人間がいることは理解しているけれど。

その時、僕と柊二が一緒に過ごしたのは2時間くらいのことだった。そのうちの半分強を僕たちは沈黙して過ごした。意外としゃべらないな、と確か僕はその時思ったが、よく考えるとそんな感想を抱けるほどに彼のことを知ってはいなかった。

話が盛り上がらないわけではなかった。文系私立大学の男子学生らしい会話をした。バイトの話やら、賭け事の話、誰それが誰それとやったっぽいとか、いやそうみせかけているだけであいつはヘタレだから多分嘘だ、みたいな話。それから話題は紆余曲折の末に、自分の死因が何になるか、という話に移った。癌の家系だけど、一度癌になってもその多くは生還して、結局天寿近くまで生きる人が多いから、同じような道をたどるのではなかろうかと僕は言った。

「なるほどね」と柊二は言って、一杯150円の生ビールをあおり、空になったグラスをテーブルに置いた。思っていたより勢いがついてしまったのか、どんと大きな音がした。酔いもあるのか、彼はそれを気にした風でもなく、続けた。

「多分俺は自殺だろうな。それ以外考えられない」

＊

油蟬の声で夏が始まって、みんみん蟬の声が混ざりはじめている。じーじーじー、みんみんみん、じーじー。

それにしても暑い。コンビニへと歩くわずか5分程度の間にも、ジワリと汗がにじんでTシャツが重くなるのを感じる。掃除を終えた後、僕はかつて書いていた小説もどきをいくつか読んでから、やはりアルコールを摂りたくなって、古いノートPCを持ってコンビニへと向かった。店によっては疫病対策のためにイートインコーナーを閉鎖しているところもあったけれど、その店は椅子の数を減らしているだけだった。

「ねえ、パパ、パパ。つくつくほうしは?」

緑道を通って蟬の声を聞く度に箏太は必ず、そう訊ねる。

聞かれるたび僕はそう答え、つくつく法師の鳴きまねをするのがお決まりになっているのだけれど、今箏太は保育園でお遊戯中で、僕は一人だ。なんとなく上を見上げると、緑道の広葉樹の隙間からの日の光で目がくらんだ。

イートインコーナーでアルコールを摂取するのはあまりお行儀がよろしくないなと思いつつ、平日にぽっかり休みができた時に街を行き交う人々を眺めながらちびちびと飲むのは気分がいい。僕は缶ビール2本とチーズを買って、窓に面したイートインコーナーの隅っこに腰かける。それから古いノートPCを今一度開いた。家で満充電にしてきたはずなのにもう80%を切っている。バッテリーが古くなっていて、おそらくは1時間ともたないだろう。でもそれでいい。僕が酒の肴にやろうとしていることは不要不急の事柄ではまったくない。片付けの際に、古いアルバムが出てきてそれを眺めるのと同じようなことだ。

僕が書いた小説もどきは、家で既に五つ読んだ。残っているのはあと五つだった。読みながら思い出されることがいくつもあった。例えば僕が小説もどきを書く際に、最初に男性で名前を付ける必要が生じた場合「柊二」と名付け、女性の場合「なつみ」と名付けていたこと。たしか何かのドラマの役名から取っていたはずだ。友人が柊二である場合も、「僕」が柊二である場合もあった。なつみは「僕」の恋人であったり、バイト先の先輩であったり、ただの同級生であったり様々だったから、かならず「僕」かオーバードーズする友人が柊二であったのとは対照的だった。

その法則は、充電の残りを気にしながら残りの五つを読んでも崩れなかった。「僕」が柊二であるのが2編で、友人が柊二であるのが8編。後者の8編の内、「僕」に名前がないのが3編で、残り5編のうち1編は僕の名前を1字替えられたものが「僕」の名前になっている。どういう意図でそうしたのだろう？　と自問したところで何も出てこない。意図なく、手が動くままに書くことを旨としていたし、かなりの純度でそれはできていた。だから、少なくとも意識的に何をやろうとしたのかを読み取ろうとしても意味はない。ただ、分析することはできる。

小説もどきの共通点として、必ずオーバードーズで死にかける友人が出てくること、それから全部が「僕」の一人称で書かれていることは読み返す前にも思い出せていたけれど、他にもあった。例えば、「完璧な密室」。それは最初に開いた文章のタイトルだが、タイトルとしてではなくて、その言葉が他の小説もどきの中で出てくる。「彼」が「僕」に話す中でたいていは出てくる。その話を僕が聞くのは、居酒屋であったり、大教室の片隅であったり、あるいは彼の家であったりした。一緒に酒を飲んでいる時のこともあれば、オーバードーズで生還した直後のこともあった。場所もタイミングもまちまちだったが、語られる内容はおおむね同じだ。自分の死因は「自殺しか考えられない」と言う彼が選択する死に場所として「完璧な密室」は語られる。他殺を疑われる余地が全くない完璧な密室で彼は死ぬ。猫一匹入ることができない完璧な密室。

「意図を明確にしておきたいんだ。疑いの余地すら残したくない」

小説もどきの一つで柊二はそんな言い方をしている。その部分を何度も読み返しながら、僕は懸命に記憶をたどる、そうする内に電池が切れて古いＰＣが勝手にシャットダウンを始めた。

「あれ、お前あいつと仲良かったっけ？」

これは、本当の記憶だ。といっても、人間はハードディスクではないから目の前に起こったことを逐一完全に脳内に保存しておけるわけではない。僕というフィルターを通した現実を元に、さらに時の経過にさらされて残った古い落書きの切れ端のようなもの。なにも僕のものに限らず記憶というものはだいたいそういうものだ。写真を見返したり、日記を読み返したりすると、暗闇の航海に現れる灯台みたいにその周囲だけ鮮明に浮かびあがってくる。それでもあやふやであることには変わりはないのだけれど、僕の創作ではないと、そのことは保証できる。そして僕は改めて創作と記憶の違いを意識する。創作の中では生き延びた彼は現実には亡くなっている。

*

「密室？」

と僕は聞く。柊二は、ああ、と呟いて誰もいない大教室の黒板をにらみつける厳しい表情を少し緩めて、こちらを向いた。

「ああ、それも完璧なね」

「なんで密室である必要があるんだ？」

「１００％、自分の意思であることをわかってもらうためだよ。完璧に閉ざされた場所。誰もアクセスしないし、誰にもアクセスできない。もし俺の死体ごと、世界から切り離してしまっても、全く問題ないぐらいの高純度の密室。俺はその真ん中で死んでいく。まどろむような感じがいいな。ゆっくりと、波が収まっていくように意識が薄らいでいって、やがて凪になる」

身勝手で、子供っぽい言い分だ。そう思ったが、わざわざそんなことを指摘してやるような間柄でもなかった。たまたま、一月ほど前の飲み会で一緒になっただけの浅い知り合い。お互いに下の名前で呼んでいるが、皆がそう呼んでいるから合わせているだけだ。

ある日、大教室での講義が急遽休講になったことを知らなかったために、二人きりになってしまい、次の講義までの間ちょっと話そうという流れになった。隙間を埋めるための会話のトピックとして理想の死に方について語るこの男は一体どういう了見なのだろう。何か嫌なことがあって、外見は平静にみえるけれども、実は気が動転しているのかもしれない。あるいは、自分を客観視できない、演技性人格障害的ななにかかもしれない。

＊

彼は自分に相応しい死因として自殺を語り、それは完璧な密室でなされなければならないと語る。そして実行する直前に僕に向けて何らかのサインを出す。彼は時には、自殺するから見ていてくれと言って、僕の目の前で大量の薬を服用することもあった。そのパターンでは彼は僕の目の前で意識を失って、僕が救急車を呼び、彼は一命をとりとめる。

自動筆記的に書いた文章のすべてにそんなモチーフが出てくるということは、きっと僕はその時期に彼の死にとらわれていたということだろう。今の僕はある種の療養としての執筆を必要としてはいないが、今でもそのモチーフは出てくるのだろうか？

コンビニエンスストアで買ってきたアルコールを飲みながら、僕のストレス解消のための小説もどきを改めてじっくりと読み、そんな疑問に達した時に、僕のXperiaが鳴った。保育園のバスからで、あと5分ほどで到着するとのことだった。僕は古いパソコンたちを本棚の隅に戻して箏太を迎えに行った。妻と僕がともに仕事の日は、どちらか早い方が迎えにいくのがルールで、どちらかが休みの日はバスで送ってもらうことになっている。

作り置きの総菜と白米をレンジで温めて、食べながら妻を待つ。夕ご飯を食べ終わっ

て、シンクに食器を片している脇で、箏太は右手を口元にやって、

「もしもーし大丈夫ですかぁ」

「もしもーし大丈夫ですかぁ」

と繰り返している。それは『鬼滅の刃』に出てくる「こちょうしのぶ」の真似だということもわかっているのだけれど、真面目な反応を待っているというよりはただ言いたいだけなので、「似てる似てる」と適当にあしらって、テレビの前のソファに誘導した。夕飯が終わって20時までの間は好きなものを観ていいことになっている。何が観たいか念のため訊ねると、ファーストシーズンが残すところ3話になった『鬼滅の刃』を観るという。『鬼滅の刃』にはちょくちょく人や鬼が首を切られて血飛沫を上げながら死んでいく残虐シーンが入るから、そういうシーンが来るのを察知すると箏太の目を塞ぐことになっている。僕は軽く失敗しながらもおおむねちゃんと目を塞ぐことができた。箏太はなんとか残虐シーンを観ようとして足をじたばたさせた。

＊

「ねえ、ねえ、つくつくほうしはまだ来ないの？」

「まだ夏が始まったばかりだからね」

「そうなんだあ」

「そうなんだよぉ」

「みんみんぜみがいなくなったら、つくつくほうしが来る？」

「いや、みんみん蟬がいなくなるのと、つくつく法師が来るのには相関はないんだよ。みんみん蟬はみんみん蟬で勝手にいなくなって、つくつく法師はつくつく法師で勝手に来るんだよ」

「そうなんだあ」

「そうなんだよぉ」

「つくつくほうしが来るのは、ばあばの誕生日のまえ？　あと？」

「多分あとじゃないかな。あと2週間くらいはこないんじゃないかな」

「そうなんだあ」

「そうなんだよぉ」

緑道には相変わらず油蟬とみんみん蟬、そして昨日見つけた蟬の翅。もうこびりついているから、強い雨でも降るか、誰かが掃除でもしないとしばらくはあのままだろう。つくつく法師が来る頃には、油蟬もみんみん蟬もいなくなっている。あるいは数が減っている。いなくなっているということは、つまり、死に絶えているということだ。子供の頃はそんなことを全く考えなかった。幼い頃は目の前にあるものすべてが自分に関係あると感じ、風の瞬きにすら啓示が忍んでいるように思った。自分が中心にあって、蟬たちもただ目の前で鳴いているときだけ存在した。

すっかり大人になった今、僕は蟬の盛んな鳴き声に終わりの予兆を見てしまう。ものを知ったからということもあるだろうし、子供ができてから生と死のあわいが僕の中で定義されなおしたということもあるかもしれない。それまで僕にとって死は、そこに一直線に向かっていくものだった。それが天寿である場合もあるし、病気や事故の場合もあるだろう。いずれにせよとにかくある時、一線を越えて死が訪れる。何もなかったところからある日ひょっこり子供が顔を出したのとちょうど反対に。それまでは一緒に歩いているだけでいくつもの死の可能性が頭をよぎり、自分の不注意やミスで死なせてしまう夢ばかりを見るなんて想像もしていなかった。子供のまわりはごく自然な形で死と生とが背中合わせに存在している。無と生のラインをまたいでこっちにやってきたばかりの箏太だから、ふっとまた消えてしまいそうに思って、真夜中に目を醒ました僕は、ベビーベッドで寝転ぶ彼のくちもとに耳をやって、息をしているかどうかを何度も確かめた。

気付くと、視界から箏太が消え、僕は小さな焦りとともに周囲を見回す。

「もしもーし、大丈夫ですかぁ」

脱ぎ捨てた着ぐるみみたいに背中がぱっくり開いた蝉の抜け殻に向かって、箏太が話しかけている。

＊

納入したシステムのＶＰＮ接続がうまく設定できない人がいるという相談が顧客からあった。それがまた顧客の中でもうるさ型の一人だということで、社員が設定をしに行くのだと言って、まさかそれについて来いと言われるのかと思ったが、さすがにそれはなかった。ただ「万が一何かあった場合に対応いただきたいので、連絡のつく状態でいて欲しい」と依頼され、これは断りづらかった。接続設定しに行く社員のＰＣをリモート操作できる準備をし、電話が鳴ったらリモート対応するということになった。いつまでも電話を気にしているのは辛いので、設定が終わったら完了連絡をもらえるようにお願いした。会社には接続サポートが結構大変そうだと虚偽の報告をして、軽めのサボりをすることにした。緑道の先、駅前のコンビニで缶ビールを飲みながらメールの対応をぼちぼちやって過ごす。

どうも仕事に身が入らず、古いパソコンから移していた小説もどきたちのファイルを収めたフォルダを開く。10個のファイルが並んでいる。完璧な密室、オーバードーズから生還する彼、「僕」の一人称。もう何年もやっていないが久しぶりにまた、自動筆記的に小説もどきを書きたくなっている。なぜ、僕はそれを書ききることができなかったのだろう？　そして、それでもなぜ、何度もその行為に挑戦したのか？　当時の僕はおそらく人生そのものを自動筆記的な在り方に押し込もうとしていて、好悪よりも前の段階の反応でやり過ごせるようになることを目指していた。脊髄反射で対応しないと世の中について行けないような気がしていて、いやついて行くかどうかも本当は関係なくて、僕が僕として最高のパフォーマンスを出し切らないといけないのだと思っていた。最高のパフォーマンスで自分を稼働させることが、誠実で正しいことなのだと思っていた。あの時期3人の女性と同時につきあっていたのもその一環だったし、そこに道徳が入り込む余地を必要としていなかった。自分としての在り方の稼働率を下げるのであれば、旧来の道徳は不道徳なので、地球上にはいまだ餓死している子供たちがいるのだし、餓死までいかなくとも飢えに苦しんでいる人がいる。そうなのであれば、個々人がもっと自分を効率的に回すのが正義ではないだろうか？　まるで完全に世界の一部に組み込まれてしまうように。

でも、だったらなぜ僕は小説なんかを書こうとしたんだろう？　完璧に最高効率で自分自身であろうとしていた時に捨てた自問が今更ながらに響く。あの頃みたいに自動筆記的に書けば何かが見えるだろうか？

僕はWordを立ち上げて、白紙の文書を立ち上げる。そしてキーボードに手を添える。何も考えず、ただ手が動き出すのを待つ。なかなか動き出さない時は、「ばあああああか」と書いて消す。それでも動き出さなければ知人や有名人の名前を書いて消す。そうする内にちゃんと小説が動き出す。僕はそのことを知っている。

＊

柊二の部屋のエアコンが壊れていた。蒸し風呂みたいに暑い部屋の真ん中で汗が滲んだ。深酒をしないと寝れないと柊二は言っていたけれど、それが果たして暑さのせいだけなのかどうかはわからない。密集したアパート地帯で、窓を開けても風の通りが悪かった。

「ある日、からからに干からびて死んでいるところを発見されるかもしれないな」

先週僕が言ったことが思い出された。そう軽口を叩いたあとで僕は、エアコンが備え付けだったと聞いたので、大家か不動産屋に連絡すればなおしてくれるかもしれないよ、とアドバイスをしたのだった。でも、この1週間で連絡をした素振りはなかった。メールをしても、返信がなかった。柊二は生きるのをやめてしまったみたいだった。やる気というものが一切感じられなかった。こんな彼が、3年ほど前にはきちんと大学受験をクリアして上京してきたのが信じられない。いつも部屋の中にはかなり大きな音量でRadioheadかNirvanaがかかっていた。中でも彼のお気に入りの曲はNirvanaのSmells Like Teen Spiritだった。Hello《こんにちは》 Hello《こんにちは》 Hello《こんにちは》 How《どのくらい》 low?《気分悪い？》 僕たちが特別な友人になった時、そのフレーズを独自に日本語に訳してけらけらと笑ったことが懐かしい。同じくらい何度も聞いたのはRadioheadのIdioteque。——塹壕にいるのは誰だ？《Who's in a bunker》

「エアコン、連絡しなかったのか？」

僕がそう訊ねると、万年床の上で寝転んだまま、べたつく長い前髪の隙間から僕を見て、ああ、と小さく返事をする。

「本当に干からびるぞ」

「水分は十分摂ってるから大丈夫だよ」

柊二の言う水分はきっとビールのことだ。アルコールは余計喉が渇くものだと聞いたことがあったような気がするが、何も摂らないよりはましだろうと思った。

「蟬の音が聞こえるな」

柊二は再び言う。なぜだか僕は苛立って、

「聞こえないよ」

と言ってしまう。それは幻聴だよ、お前はちょっともうおかしくなってきてるんだよ。

「目をつむれ。そしてもっと神経を研ぎすますんだ。呼吸と心臓の音を捕捉して、その合間の静寂に耳を澄ませろ。完全な静けさを自分の中で作り出せ。お前はまだ血の流れる音すらわからないだろう？　こんな風に寝転んでじっとしているとな、それすら聞こえてくるんだ。ちろちろと俺の中を流れる血の音が聞こえて、それにも呼吸みたいにごく稀に間ができることがある」

柊二の話を聞きながら僕は自分の呼吸を意識し、それから血のめぐる音を感じようとした。けれども、一向にそれは叶わない。

「どれだけ騒音にまみれても、完全な静けさが訪れることがあるんだ。その時にしか蟬の音は聞こえない」

柊二はごろんとその場で寝返りを打った。

「もう来るなよ、ここに。お前には関係のないことだ。お前がやってくることで、せっかく作った密室が開いてしまう」

*

これまで書いてきた小説もどきよりも随分と実際に近くなった気がする。もう20年以上前のことになるけれど、彼はその当時の「今風」ではなかった。大学生活にうまくなじめず、友人と呼べる存在も僕しかいなかったはずだ。小説もどきの一つにあったような、一人の女性を取り合う展開だってなかった。彼は僕と同様に、地方から出たいがために受験勉強を頑張って、そこそこの偏差値の大学への進学をてこに上京してきたものの、うまく大学生活になじむことができず、油っぽい部屋で時間をつぶす上京敗残者の一人だった。

僕は人間関係やら、将来への不安に押しつぶされそうになった時に彼の部屋をたずねた。当時の僕は親切心だと思っていたが、今考えれば違う。東京に自分よりも適応できずにいる似た境遇の彼を眺めることで、安心しようとしていたのだ。いや、それも違うな。その当時だって僕はわかっていたはずだ。醜い心理だけど、彼はとても頭が良かったから僕がそんな風に思っていることだってわかっていたはずだ。問わず語らずの粘っこい関係が僕と彼の間にはあった。僕自身も彼みたいに脱落しそうなことが何回もあった。ベッドから起きる気になれず日がな寝ころんだまま、随分長い間掃除もしていない汚れた部屋の真ん中にはささくれだった木製テーブル、その上の飲みさしの気の抜けたビールを喉に流しこんで渇きを癒す。しけったポテトチップスを嚙んで、「笑っていいとも！」を薄目を開けて見続ける。目には見えないけれど、部屋の真ん中には小さな亀裂が入っていて、僕のベッドはその縁にある。ふとしたきっかけでその塹壕へと落ちたなら、僕はもう戻ってこられない。

「完璧な密室だ」

僕の小説もどきに何度も変奏して登場するそのフレーズ。彼の台詞ということにしているけれど、実際のところ僕が言ったのだったか、彼が言ったのだったか、自信が持てていない。とにかく「柊二」は長い前髪の奥から安酒で淀んだ目を光らせ、口を開く。

「頑丈な鍵がかかってて、どんな金庫破りでもその鍵を突破することはできない。虫くらいは通れるとしても、とりつくしまのない完璧な密室だ。特別なナイフで時空ごとサイコロみたいなかたちに切り取ったものだ。ここはどこにもつながっていない。鍵は一つしかなくて、しかもそれを俺が持っている。だから部屋ごと破壊でもしない限りもう中にはアクセスできない。この世界のつくりと同じだよ。俺が持っているその鍵はな、了承したつもりもないのに押し付けられた命だ。了承したつもりなんてまるでない鍵を無理やりに持たされた俺たちは、その鍵を後生大事に持ったまま密室の中で息絶えるんだ」

＊

緑道のあちこちに、油蟬のこげ茶色の翅と青っぽいからだが朽ちている。今年はとくに蟬が多かったのか、いつもこんなものだったのか？　去年の蟬がどうだったか思い出せない。

「あ、つくつくほうし」

箏太が言って、緑道に立つ木を見上げた。

つくつくほうし
つくつくほうし

オノマトペ的なネーミングの蟬の声、暑さの盛りから緩やかに秋へと下っていこうとしている。箏太はショッピングモールで食事をしたときに、どうしても欲しいと駄々をこねたポシェットを腰につけ、お尻を振りながら緑道を歩いている。

すっかり蝉の死骸にも慣れて、最初はびっくりして、おびえる風ですらあったのに今では抜け殻にやっていたのと同じように、死骸に向けて「もしもーし、大丈夫ですか？」とやっている。僕はベンチに座って、コンビニで買ってきたコーヒーを飲みながら彼の様子を眺める。しかし、この状況は教育的にはどうなんだろう？　虫とはいえ死骸に話しかける息子を放っておいて良いのだろうか？

箏太は腰に手をやったまま、お尻を振りながら近づいてくる。

「パパ、パパ。きめつのやいば、誰が死なないかわかったよ」

「ママに聞いたの？」

「ううん、ようよが言ってたの」

ようよは、保育園で一緒の女の子だ。

箏太は『鬼滅の刃』の中で、誰が死んで誰が死なないかを挙げていった。僕はネタバレを読んでいないから、それが正しいのかどうかもわからなかったし、網羅されているのかどうかもわからなかった。

説明を続ける箏太の声とつくつく法師の声が重なる。その内に箏太は飽きて緑道に落ちていた棒で遊び始めた。つくつく法師は飽きもせずにずっと鳴いている。

＊

「最後はみんな一人だ」

柊二はそう言うと、密室から僕を押し出した。分厚いドアを閉めようとする柊二を僕は振り返る。柊二の手には、鍵が握られている。この部屋の鍵だ。それを持って籠られると、もう柊二には誰もアクセスできない。世界は完璧な密室で、最後には誰しもが何の意思もなく与えられた鍵を後生大事に抱え、そして一人で死んでいかなければならない。早いか遅いかの違いがあるだけだ。

つくつく法師の鳴き声に囲われた密室の周りには、油蟬とみんみん蟬の死骸が転がっている。夏は盛りを過ぎてはいるが、未だに強い太陽がじりじりと体を焼いて、額に汗が滲む。

柊二は重いドアを閉じて、密室に閉じこもっている。僕は金庫みたいなその扉にぴったりと耳をつけて、彼の寝息を聞く。分厚いドアを越え、わずかに、けれど力強い音が聞こえる。柊二の持っている鍵は唯一無二で彼だけのものだけど、あれからもう20年経って、僕は魔法を使えるようになっているから、魔法を使って扉を開けることができる。柊二はもう一人きりにはなれない、一人寂しく朽ち果てることなんて彼にはできない。

扉を開けて、しばらく過ごすと秋が来た。秋が深まるにつれ、つくつく法師も鳴かなくなった。

ボーイズ

ボーイズは、和柄のマスクをつけてやって来た。背の大きい方が緑と黄色の亀甲柄、小さな方が黒と緑の市松模様で口元を覆っていた。ボーイズが去った今はそれらの意匠について知っているが、彼らがやって来た時点では、僕も妻もただ奇抜な模様のマスクだと感じた。

２０２０年は、兎にも角にも妙な年だ。理由は明白である。新型コロナウイルスが蔓延したせいだ。A.D.２０２０。前々から象徴的な数字の並びだと思っていた。オリンピックの東京開催が決まった時などは、特にその数字を強く意識したものだ。当時の僕は転職先が決まったばかりで、妻のなつみとスパークリングワインを飲みながらニュースを見ていた。

——何かが起こりそうな気がする。

俗に言ってそんな予感を抱いていたのは、僕だけではないんじゃないか。もちろん西暦なんてもの自体は、キリスト教の世界観を構成する一つの要素に過ぎない。紀元前をbefore Christ、キリストが生まれる前であるとし、紀元後をafter Death、彼の死んだ後——だと思い込んでいたが、そうではなく別の意味だと最近知った。確かに、それだと、存命期間中が暦の空白になってしまう——とするのも勝手な話だ。ここ5世紀ほどはキリスト教を背景に持つ西洋文明が支配的な力を振るってきたから、西暦が世界標準になっただけのことだ。その数字が、世界の開始とともにカウントされてきたわけではない。しかし、法則的な数の並びが大衆心理に影響を与えがちなのもまた事実だ。

例えば、1999年。昭和時代にベストセラーになった本のせいで、遠い日本で飛びぬけて有名になった、16世紀のフランスの占星術師、ノストラダムスの予言に出て来たA.D.1999。

1999年7月、
空から恐怖の大王が来るだろう、
アンゴルモアの大王を蘇らせ、
マルスの前後に首尾よく支配するために。

この予言詩を「世界が滅亡するかもしれない」と解釈した説を著した新書が日本国内で広まった。原著に書かれたものを拡大解釈した新書の爆発的な売れ行きには、１０００年代が終わる年に何かが起こるかもしれない、という心理が手伝っていたことは間違いないだろう。

そのミレニアムの終わりの頃、僕は二十歳そこそこで、自分ではちょっとした諦観を既に備えた大人のつもりでいた。けれど、今にして思えばただの子供だったとわかる。世紀末の空気を肺いっぱいに吸い込んで、自分一人だけがまっとうな生き方を模索しているのだと、そう思い込むほどにはきちんと幼かった。

結局のところ１９９９年に恐怖の大王は、地上のどの場所にも舞い降りることはなかった。いや、あるいは、こういうこともあるだろうか？

――恐怖の大王は、どこかに人知れず「マルスの前後に首尾よく支配するために」舞い降りた。しかし目論見通りの成果を出せずに潰えた。

支配するために舞い降りるとはあるが、実際それを完遂するかどうかまでは予言されていないから、そうだった可能性もなくはない。なんにせよ、事実として世界は滅びてはいないのだ。なおかつ、１９９９年から２０００年にかけての1年間は、その後に起こった諸々を考えると、むしろ平穏無事な方だったんじゃないか。その20年後の東京オリンピックがスペイン風邪以来の地球規模の疫病の蔓延のために延期になるなんて、一体だれが想像できた？

世紀末の雰囲気は、１９９９年という数字の与える心理効果によって演出された。けれど２０２０年に起きた変化はそうではない。そこに人智を超えたものの啓示を感じることも、単なる偶然だと片付けることもできる。

２０２０年に入ってすぐの1月は、例年と変わらない雰囲気だった。前年にやりこぼしたことに対応している内にひと月が過ぎ、そろそろエンジンをかけなければと重い腰を上げる。それも例年通りのことだった。昨年から持ち越しの仕事に目鼻がつき、次はあれ、その次はあれと、片付けるべきことがどんどん高く積み上がっていく。とてもやり通せる気がしないが、終わった後には「案外どうにかなるもんだ」となる予感がある。何ともならず、結局はなるようにしかならないな、と諦めているのが実態かもしれないけれど、まあ同じことだ。とにかく時が過ぎれば、紆余曲折の軌跡を眺めつつ自分も周囲も納得するしかなくて、そうする内にまた年が暮れる。

２０２０年の2月に入ると、中国の一部で流行っているらしい性質の悪い風邪が、じわじわと日本国内にも広がり始めた。その時点でも、僕はありきたりな一年になるだろうという所感を特に変えはしなかった。今、改めて過去の報道資料をネットであらってみると、2月初旬の頃はまだ、政府の発表資料にもどこか対岸の火事的な他人事感がある。あくまで、他国で流行中のウイルスを報道する態。実際僕も、ＳＡＲＳやＭＥＲＳの時のように海に囲まれた日本で蔓延するとは思っていなかった。その内に横浜港に寄港しているイギリス船籍のクルーズ船での感染が広がっていき、またその他でも感染者が増えていくにしたがって、どんどん緊張感が増していった。そして、4月7日に緊急事態宣言が発出され、日本は緩やかなロックダウン状態に入った。6月19日の県境をまたぐ移動が容認されるまでの約2か月間は、重苦しい空気が漂っていた。

世間の空気はともかく、僕となつみはその間もいたって元気だった。僕の会社もなつみの会社も、早々に全面的なテレワークに移行していた。なつみの方は、かねて誘われていた上場間近の企業を手伝い始めてから働きづめだったし、僕は僕で仕事を取りすぎてあっぷあっぷしていたのだ。僕たちは緩やかなロックダウンの最中、それまで一緒に観ようと約束しながらなかなか観る時間を作れていなかったNetflixの連続ドラマや、映画を観た。仕事中でも買うだけで満足していたゲームをし、久しぶりに手料理を作りあって食べた。

下の服はパジャマかジャージで通し、カメラをオンにしてのウェブ打ち合わせがない時は、アルコールをとりながら仕事をした。なつみがカメラオンの打ち合わせをしている時に死角から彼女の体をいじり、声を出すのを我慢してる様に興奮して打ち合わせが終わると同時にベッドに向かうこともあった。

我々夫婦は楽しんでいたのだけど、緊急事態宣言が明けて、徐々に出社日も増えていくと、じわりと日常が戻ってくる。

「なんか、心地よい繭の中にいるみたいだったね」

なつみの感想に、たしかにそうだな、と僕も思った。

緊急事態宣言が明けても完全に元通りになったわけではもちろんない。4月7日から5月末までは、100%テレワークだったのが、僕は週2の出社となり、なつみは週1の出社となった。なんだか宙ぶらりんな気持ちでの生活が7月に入っても続いていた。7月22日~8月9日、本来であれば東京オリンピックが開催される予定だった期間、僕となつみはまるまる休暇を取っていた。オリンピックを観戦するために休みを取ったのではない。いや、それも理由の一つではあったがそれだけではなかった。7月といえばボーイズがやって来る予定だった。ボーイズ、つまり弟夫婦の二人の子供たちが我が家にやって来ることが決まったのは1年前のことだ。

弟夫婦、今では元夫婦と言うべきだが、彼らはこの時期には日本を離れて、弟の中国の大学への赴任にあわせて移住している予定だった。しかし新型コロナウイルスの影響でその話が無期限に延期となり、自粛期間中に弟夫婦は離婚してしまった。二人は中国に赴任することが決まる前に東京オリンピックのチケットを幾つも取っていて、自分たちが観られないのはしょうがないが、それを楽しみにしていた子供たちまで観られないのは忍びないので、自分たちが中国に行っている間お兄さんたち夫婦で一緒に行ってくれないか、というのが離婚する前の弟夫婦からの依頼だった。

当時は予想もしてなかったことだが、弟夫婦はもう夫婦ではないし、彼らの中国行きもなくなって、おまけに東京オリンピックまでなくなってしまった。未来のことなど誰にもわからない。

約束の時間から10分ほど遅れて呼び鈴が鳴った。ボーイズは二人とも、カラフルなマスクを着けて玄関に立っていた。長男の柊二は小学校4年生で10歳、次男の翔太は1年生で6歳。二人を連れて来たのは、埼玉に住む母だった。

「連れて来ただけなんですぐ帰るからね」

二人を連れて来た母はボーイズを我々に引き渡すと、マスクも取らずに踵を返そうとした。無駄が全く許せないというか、余計なことはしたくないというか、最小限の行動を志向するところが母にはあった。こちらとしては、約1年ぶりに会った母を玄関で帰すわけにもいかず、なつみが「お茶でも」と勧めると、母はしぶしぶという感じで、ようやくマスクを取って靴を脱ぎ、家にあがった。

弟夫婦の中国行きがなくなったにもかかわらず僕たちが子供たちを預かることになったのは、母からの電話が決定打だった。それまでは、どうしたものか測りかねていたのだ。もう休みは取ってあるから、預かるのはやぶさかではないが、弟が国内にいる以上そうする理由もないといえばない。預かるのをやめるならやめるで早めに決めてもらわないと、2週間以上ぽっかりと空白になってしまう。休みの度に旅行に出かけるほどアクティブなわけではないが、さすがに予定がまったくない長期休暇は持て余す。休暇の申請をとりやめようかという話も出ていた。そんな中、めったに電話をかけてこない母から連絡があった。

「悪いけどさ、あんたさ、柊二と翔太のことやっぱり預かってやってよ」

無駄なことを憎んでさえいる母がそう言ってくるということは、何か理由があってのことのはずだ。

「全然いいけどさ、子供たちと、孝也はなんて言ってるの?」

「孝也のことなんかどうでもいいの。柊二はもう納得してるから。翔太はぼやっとしてるから、お兄ちゃんに従うだけ」

弟の奥さんが抜けた三人の中では、長男である柊二の意見が重要だと母は思っているようだった。

母はお茶を一杯飲むと、「なつみさん、面倒かけるけどよろしくね」となつみに言い、僕には「じゃ」と短く言って、そのまま帰っていった。4LDKの我が家には、二人の子供と大きな荷物だけが残された。

若い頃のなつみの性格を鑑みると、子供を積極的に預かろうとするなんて想像もできなかった。結婚する前もした後も、子供についての話が出れば「ま、いないならいないで、別にいいよね」と言っていた。僕も同意見だった。別に我々が子供を作らなくとも、この広い世界、誰かが子供を作り続けている。国が発展し、いわゆる先進国になって、年収がある程度高くなると未婚率が上がり出生率も下がるという記事を最近見た。単純化しすぎのように思えたが、周囲を見回してみると、傾向として確かにありそうに思えた。織田信長の時代みたいに50年生きれば及第点なのであれば、やりきれなかったことを次の世代に託そうとする本能が働くかもしれない。しかしこの間話した保険会社の営業マンによれば、70歳まで生き続ける人が90％を超え、今や人生１００年の時代なのだ。ＩＴが発展して、個としての限界まで世界や人間存在といったものを経験し尽くすことができる現代において、個の満喫を優先し、敢えて子供を作る必要はないのでは。それが、我々夫婦が論理的に行き着いた結論だと思っていた。国内に限らずに見ればこの地球上の人々のライフスタイルは様々で、子孫繁栄に貢献して人類の継続を担当する人々が十分にいる反面、個としてこれきりの生を味わい尽くすことを担当する余裕人員も存在しているべきだと思う。子供のいる人生の可能性を排除するわけではもちろんないが、子供がいないならいないでいいじゃないか。東京では毎週数えきれないほどの舞台やコンサートが開催されていて、その気になればいろんな祭りに参加することができるし、それに飽きたらゆっくりできる温泉宿にでも行けばいい。現代では世界中のエンターテインメントが日本語に訳されているのだ。文字通り読み切れない、観切れないほどの量だ。料理だってアルコールだって世界中のものが味わえるし、飛行機代も随分安くなったから国内で足りなければ海外へ旅に出ればいい。子供がいると自由気ままに留守にするわけにはいかないかもしれないが、いないならば仕事の都合さえつけば後はなんとかなる。頭でっかちな我々は、緩やかな反出生主義者だと自任していた。そもそもこの世に人間がいる必要はなく、個々人にとっても生まれる必要はない。親しい存在が亡くなったら悲しいが、最初《はな》から存在しなければばその悲しみも生まれない。そもそも自分自身がこの世にいなければ悲しみを感じることだってない。これは、地球環境を守ろうとか、持続可能な社会を構築すべきといった、エコロジー思想とは全然違うものだ。守るべき環境といってもそれは、人間にとって都合がいい環境であるだけのことだ。大気が毒素まみれになって、海が酸に満たされても、人間が生きていけないか、生きづらいだけで、物理的存在の集合である自然はただそこにあるだけだ。良いも悪いもない。人間が勝手に生きづらさを感じ、苦しむだけだ。苦しむ主体は少ない方が良いという考え方もある。ならばせめて我々は個として人生を謳歌し、楽しみと苦しみの収支をプラスにもっていく。そんな感情だって人間が勝手に覚えるだけのことだけど、それが意志なくはじまった「自分」という存在がしうる世界へのささやかな反抗なのではないか？

我々夫婦はおおむねそんな風に合意していたはずで、それでつつがなく日々が流れていた。

方針が変わったのは青天の霹靂だった――、と僕は思っているがそう思っているのは僕だけで、なつみは前々から考えていたのかもしれない。

＊

柊二は第一子のものになるはずだった部屋を見回している。二人の子供のための家具は随分前にＩＫＥＡで買ってきたものだ。翔太は第二子のものになるはずだった部屋を柊二と同じように見回している。２０２０年7月24日、本来なら東京オリンピックの開会式があるはずだった日のことだ。子供たちを預かることが決まってから、弟家族のオリンピックスケジュールをスマートフォン用のソフトで共有していて、そのスケジュールに取れたチケットの競技が記入されている。初日、2日目は何も入っていなかった。オリンピックスケジュール帳によれば、最初の観戦は7月26日のアーチェリーだった。

「どう？　気に入った？」

なつみは二人の子供たちに話しかける。翔太は頷いたが、柊二は反応を示さない。彼はなつみをじっと見つめ、次に僕を見た。これらの家具類を彼らのために用意したのかどうか、柊二が訊ねて来る。

我々の対応が too much だと感じているのかもしれない。実際のところどうなんだろう？　too much であるような気もするし、預かるとなった以上家具くらい用意しないとどうしようもないだろうとも思う。

「もちろん君たちのために用意したんだよ」

なつみが言うと、ふうん、と呟いて部屋を再び見回す。天井から釣り下がる星形のペンダントライト、10歳の柊二用のベッドは大人用のシングルベッド、6歳の翔太用のベッドは一回り小さい子供用のもの。我々の計画通り子供ができていたなら、それは第一子のおさがりのベッドとなるはずだった。第二子にとっても小さくなると捨ててしまうか、知り合いにでもあげる。子供用のベッドはおさがりで我慢してもらった代わりに、自分で選べるようになったら好きなものを選んであげようと家具を組み立てながら僕たちは話しあっていた。

too much だというのであれば、夫婦二人に4LDKのこのマンションこそがそもそもtoo much だ。


人生は生活の集積である。だから自分の望んだ人生を歩むなら、生活のスタイルを決めればよい。生活スタイルの変更はそのまま人生の抜本的な変更を意味する。それがなつみと僕との人生と生活における基本的合意事項だ。

子供のいる生活スタイルを送るにあたって、最初にやったのはこの家を買うことだった。まだ実現してもいない新しいライフスタイルのために家を買うのは、かなり極端な判断であるようだが、これがいつもの僕たちのやり方だった。まずは入念な準備をする。可能な限り精緻にシミュレーションをし、偶然に任せるしかないことのぎりぎりまでの準備を進める。それがなつみが独身時代も貫いてきたやり方であり、いつしか夫婦のやり方になった。二人で生活を始めた時にも、どの町に住んで、家賃はいくらで、食費はいくらで、そう綿密に決めて、おのずと導き出された月にいくら稼ぐ必要があるかというラインを基準に共同生活を始めた。あるべき生活スタイルから始めるので当然収入と支出が釣り合っていない状態が続いた。経費が下に振れていればいいのだけど、理想を追求しているのだからもちろん足りない月が続き、しばらくは貯金を切り崩していくしかなかった。けれど、一度決められたスタイルは我々の中では絶対だ。足りないのであれば、後からそれを埋めればいいだけのことだ。結局、僕たちは互い違いに転職して、二人合わせて必要な収入ラインを満たした。

「ね、なんとかなるでしょ？　先に形さえ作ってしまって、やるしかない状況に追い込めば、大抵は何とでもなるのよ」

先に転職を成功させていたなつみは、後から転職した僕の給料が銀行に振り込まれた時に言った。一足先に崖上に登ることに成功したライオンの兄弟のようだと思った。

その後もたびたび生活水準の引き上げをはじめとする、生活スタイルの変更がなされた。その主導権は概ねなつみの側にあったが、ゲーム感覚でそれにつきあうのは悪くない気分だった。それに僕は僕で譲れない部分は譲らなかった。生活の中のこまごまとした部分、例えばウォーターサーバを借りるかどうかなどはなつみの言い分を認めたが、余剰の現金の4分の1ほどは投資に回すこと、そしてその管理権限は僕にあり、たとえ既定の金額を摩っても文句を言わないこと、については僕のスタイルを通した。僕が手を出す投資は日本株と米ドル建ての海外投資信託、あとは各種FXなどだ。トルコリラ以外の取引では一度も負けたことがなかった。そんな、小さなボートをオールで漕ぐ感じが人生の手応えとして有意義に思えた。社会に出るタイミングで袖にされたロストジェネレーションの生き残りである、というのが我々の自己認識であり、つい最近まではそれを誇りに思っていた。ただ、なつみが職場の後輩に「なつみさんの世代って、よくロストジェネレーションっていう言葉使いますよね」と飲み会で言われ、それ以来NGワードになった。我々が気づかないうちに、いつの間にかその免罪符は失効していたらしい。

組み立ててそのまま放置してあった家具はつい先週まで埃を被っていた。我々は家具の埃を払い、生まれてくるはずだった子供の性別がわかってから買おうと決めていたものを揃えた。例えば、シーツとか。

部屋に柊二と翔太の大きなバッグを置いて、改めてリビングに戻ってボーイズを座らせた。そして、近くの店で買ってあったケーキの箱をキッチンから持ってきて開いた。ケーキは全部で四個あった。モンブラン、いちごのショートケーキ、ティラミス、フルーツタルト。子供が食べやすいだろうからと、いちごのショートケーキで揃えるかどうかを相談したが、結局バラバラのケーキを買うことにしたのだ。子供たちの特性を知りたいという話になったのだった。

案外と柊二がモンブランを選び、翔太はティラミスを選んだ。なつみはフルーツタルトを選んだため、僕がいちごのショートケーキになった。

「ここを自分の家だと思ってね」

ドラマや映画なんかでよく聞くセリフだ。ベタを嫌うなつみだけど、といってこの場合他に何を言えばいいのだろう?

小さく頷いた柊二は、何かを警戒する小動物みたいに自分で選んだモンブランになかなか手を付けようとしない。片や翔太は、さっそく口に運び、小さな口に入りきらなかったティラミスが口元にへばりついている。柊二はその様子をしばらく見、それから僕となつみに交互に目をやってから、ようやくスプーンを手に取って、モンブランの渦巻の頂にスプーンを差し込んだ。先っぽがめり込んでいく。

親が離婚した子供たちに掛ける言葉を僕も、おそらくなつみも持っていなくて、ケーキを食べながら「おいしいね」くらいしか言うことができなかったが、やはりオフラインでのコミュニケーションは偉大だ。声を掛けるだけで緊張が和らぐのが見て取れた。多分言葉に意味などなくてもよかった。

「ほら、ビーズクッションって知ってる？」

なつみの言葉に柊二は首を振る。彼女の指さす先にある、橙色のビーズクッションを子供たちが見ている。

「そうか、知らないか、君たちの家にはなかったんだね。ちょっと見てて」

なつみは立ち上がると、ダイニングから駆け出し、ソファの前の大ぶりのビーズクッションにダイブした。

おどけたなつみの振る舞いに、まずは翔太がきゃっきゃと笑った。

「おいで」

と続けてなつみが言うと、翔太はおそらくは習慣的に許可を求め、柊二を見た。親が離婚した兄弟には特別な絆があるのかもしれない。柊二が肯くと、とてとて歩いておそるおそるビーズクッションにダイブした。

「もっと思いっきりやっていいよ」

翔太は再び立ち上がり、じりじりと一度下がると今度は柊二の方を見ずにてってってと駆けてダイブした。それをにこやかに見ていたなつみは、今度は柊二のほうを向いた。それは同じことを促すようであったが、無理強いする感じではなかった。結局柊二はビーズクッションにダイブはしなかった。

僕たちは柊二と翔太がやって来る前に、彼らの呼称を決めていた。

「ボーイズ、ご飯ができたよ」

「ボーイズ、ほら、『鬼滅の刃』ばっかり観ていたら駄目だよ」

「ボーイズ、今日行くのは動物園と水族館、どちらがいい?」

新型コロナウイルスの蔓延は未だ収束せず、予断を許さない状況ではあったが、緊急事態宣言の解除から2月が経って、観光需要も回復基調にあるらしかった。それこそ、動物園や水族館なんかの近場の歓楽地はむしろ混みだしているようだ。僕たちは車を持たない生活をしていたのだけど、彼らの滞在期間だけレンタカーを借りることにして、どこにでも行ける準備をしていた。最初の2日間ははりきって、上野動物園、翌日には八景島シーパラダイスに行った。

ボーイズ、というネーミングは、もうすぐシーズン2が始まる予定の、Amazon Prime Video オリジナルドラマ『The Boys』から来ている。新シーズンは9月からスタートする予定だった。僕たちはそれを楽しみにしていて、ボーイズを寝かしつけた後に、おさらいとしてシーズン1を観返していた。

そのドラマは一言で言って、クソみたいな内容だった。まずオーソドックスなアメリカのヒーローが複数登場する。中心となるヒーロー、ホームランダーのマントの柄はアメリカの国旗、いわゆる星条旗だ。その意匠通り、彼は国民的なスーパーヒーローだ。生まれつきスーパーパワーを持つヒーローが存在する世界観で、ヒーローを管理する会社に彼らは属し、ヒーロー活動に従事する。その会社はまるで芸能事務所のようにヒーローたちを管理し、実際に——といってもドラマの中での話だが——彼らを主役にした虚実ないまぜの映画が撮影されて封切られ、彼らを広告キャラクターに起用した冷凍ピザやアイスキャンディが販売される。大衆がそれを求めている。数いるヒーローたちの中でも、別格の存在は、ホームランダーを中心とした「セブン」と呼ばれる選抜メンバーだ。セブンに選ばれると、メディア露出の機会は増え、たちまち人気者になる。シーズン1はこの「セブン」に容姿の優れた少女が抜擢されるところから始まる。大抜擢された彼女が「セブン」や、ヒーローを管理する会社の腐敗を目の当たりにしていくことと、ヒーローであり続けるために大衆をないがしろにするヒーローたちの暴挙で、恋人や妻を失った一般人が復讐を企てることが、物語の軸として展開していく。国民的スーパーヒーロー、ホームランダーが国民を助けるのは、国民から支持を受けちやほやされるためだ。だから国民に自分の悪辣さがばれるきっかけになるようであれば、子供が乗った旅客飛行機も両目から飛び出すビームで平気で墜落させ証拠隠滅するし、おためごかしが通用しない相手にいら立って裏で悪態をつく。彼にとって大衆は自分を高揚させるために存在する。彼にとってはほとんどゴミみたいな存在だから、悪態をつくのも殺してしまうのも、さして重みに違いがない。直接の知り合いにホームランダーみたいな人がいるわけではなかったが、彼からなぜか目が離せなくなった。行き過ぎた個人主義をあてこすったその物語を観るとなぜか癒された。いくらか戯画化された、彼のような人物が、例えば有名人の中にはいるかもしれない。誰よりも強く、誰からも愛され、誰からも尊敬される。そんなヒーローたちは永久に若くほとんど不死だ。彼らの活躍を見てなつみは、二十代の頃、ウエストの細さを維持するために食べたものを吐いていた自分を思い出すそうだ。

そんな内容のドラマだから、なつみが子供たちのことをボーイズと呼ぶことは悪ふざけだと感じた。もしかしたら、彼女もそのつもりだったかもしれない。子供がいることに慣れていないから、接する際の態度のレンジ調整を誤ったのかもしれない。

預かることになる直前まで知らなかったのだけど、緊急事態宣言中に学校が休みになったために、夏休みが短縮されているそうだった。ボーイズの通っていた学区では、偶然オリンピック予定期間だった、7月22日〜8月9日が休みだった。その期間はまるまる僕たちが預かることになる。

朝ご飯はなつみと僕と交代で作った。ボーイズが来る前からそれが習慣だった。3日目は彼女の番で、彼女はハムエッグとみそ汁とポテトサラダを作った。ボーイズは残さずおいしそうに食べた。ランチョンマットを汚すこともなかった。躾の行き届いた子供だ。子供たちが食事するのを眺めながら、彼らを置いて出て行ったという弟の奥さんのことが頭にちらついた。はじめて会った弟との結婚式では、ウェディングドレスを着た高砂の彼女は美しい長い髪を結い上げていた。二度目に会ったのは、柊二が生まれてすぐのことで、その時もまだ髪が長かった。三度目に会った時、彼女は髪をかなり短くしていて、頬がこけてやつれ、きっと子育てモードなんだろうな、と勝手に納得したことを覚えている。夫婦のことは彼らにしかわからないんだろうが、コロナ離婚という言葉がニュースをにぎわせ始めた頃のことだった。赤の他人からすれば、十把一絡げに見えるだろう離婚の一つだけど、僕にとっては弟のことで、目の前には母親がいなくなってしまった子供たちがいる。

今日はご飯を食べに出るだけで、お出かけしない、となつみはボーイズに伝えた。翔太は露骨に残念がったが、柊二は少しほっとしたように見えた。この2日で随分打ち解けた翔太が、では何をすればいいのか聞いた。

「宿題くらいあるでしょ？　夏休みなんだから」

もちろんしっかりと宿題は出ていた。どんな時でも宿題は出るものだ。大きなバッグにはきっちりとそれが入っていた。休みが終わったあとに提出となるワーク、それから、毎日の本読み。国語の教科書の好きなところを毎日2ページずつ読むのが、二人ともに共通した宿題だった。なつみは一昨日と昨日やっていない分、今日は3日分やるように言ったが、露骨に嫌がるのでそれはさすがにやめておこうとたしなめた。

「その代わりちゃんと休み中に挽回すること。とりあえず今日の分終わったら好きなことしていいから」

日で割るとどの教科もたいした量ではなかった。ボーイズは小一時間でワークを終え、本読みを始めた。僕は会社の業務は一応休暇ということになっているのだけれど、同僚から連絡が入り、対応せざるを得ない件だったから、寝室に置いたデスクでパソコンを開いた。テレワークだと同僚たちも誰が休んでいるのか把握しきれないらしく、連絡をしてきた同僚は、「お休みだったんですね。すみません」と恐縮した。

「いいよ、いいよ。逆に助かったよ。火吹くとやばいお客さんだから」

メゾネットの一階のリビングから翔太の本読みの声が聞こえてくる。かなり大きな声だ。たどたどしく、句読点を切る位置もおかしい。

「あれ、聞こえてますか?」

「ごめんごめん」

僕は翔太の声に気をとられ、同僚の言葉を聞き逃してしまった。意識を電話に集中し、話し合いながら顧客への謝罪メールを作る。


「なにかおうちでやりたいことある?」

宿題が終わったボーイズになつみが聞いた。ボーイズはテレビが観たいそうだ。テレビといっても、彼らが言っているのは、Netflix とか Hulu などの、定額制動画サービスのことだ。近頃は僕たちも地上波を見ることが減り、代わりに Netflix と Amazon プライムの二つに入っている。何を観たいのかとなつみが聞くと、ボーイズは『鬼滅の刃』が観たいと答えた。「多分ネトフリでもアマゾンでも、どっちでもやっているはず」と翔太が言う。

僕もなつみもアニメをほとんど観ないから知らなかったが、翔太に言われるままリモコンを操作するとすぐに見つかった。約束なのですぐに再生してやった。気づけばさっきから姿を見なかった柊二が部屋から持ってきたらしいバッグをドスンとソファに置く。翔太がアニメを観ている間、漫画を読むのだという。何の漫画かと言えば、こちらもやはり『鬼滅の刃』。よほど流行っているようだ。

僕はコーヒーを入れてL字形のソファの短い方の背もたれにもたれかかり、それをすすりながら、彼らがそれぞれの『鬼滅の刃』に夢中になっている様を眺める。ふと思いついてオリンピックスケジュール帳をXperiaで表示してみた。今日は本当なら——いや、現実に本当も何もないのだが——「夢の島」という東京じゅうのゴミを埋めて作られた人工島の会場にいて、アーチェリーを子供たちと観ているはずだった。本当なら、今頃彼らの視線の先には『鬼滅の刃』ではなく、的に向けて神経を研ぎ澄ますアスリートの姿があったはずだ。もちろんあくまで予定なのだから、事実としてその通りになるとは限らない。しかし、オリンピックはこれまで戦争以外で予定変更になったことのないイベントなのだ。何よりも固い予定のように思えた。僕は翔太が見つめる先の画面に、弓を引っ張るアーチェリー選手の姿を思い浮かべる。固いはずの、あるはずだった今。

夜、ボーイズをパジャマにしてそれぞれの部屋のベッドに寝かせると、僕となつみは今日の過ごし方について反省会を開いた。テレビを観せすぎだったのではないか、すっかり子供向けのアニメだと思い込んでいたが結構残虐なシーンもあるようだったし、はたして観せてもいいものだったのか。僕たちはネットで各親たちの判断を収集し、その上でネタバレサイトで内容を把握して、観せてもまあよかろう、という結論にいたった。その過程で、彼らのマスクの由来を知った。柊二のマスクの亀甲柄も、翔太の市松模様も『鬼滅の刃』のキャラクターからのものだった。日本の大正時代の物語だから、日常的に和服を着ていて、あの和柄はそれぞれのキャラが着る半纏の模様だ。亀甲柄のキャラが、市松模様のキャラの先輩に当たるらしい。

結論が出たところで、ボーイズがちゃんと寝ているのかを確認しに二階に上がってドアをこっそり開いた。二人とも寝息をたてていた。その行動に、僕は高揚感を覚える。5年前に決めて、けれど、届かなかった、あったかもしれない理想の生活スタイル。

ボーイズが寝たなら、今度は僕たちの時間だ。赤ワインを入れてソファに戻りAmazonプライムを起動した。そして『The Boys』のシーズン1の続きを観る。最終の8話まで進んでいた。それもあと20分ほどで終わる。なんとなく集中できなかった僕たちは動画を停めた。そして僕たちはいまいちどルールを確認をする。

人生は生活の集積であり、重要なのは生活スタイルだ。転職するにしてもやりがいとか業種は関係なかった。そう、あくまでも重要なのは生活スタイル。給料のレンジ、働き方の柔軟性、それを維持していけるだけその会社に将来性があるか。満たすべき第一条件はそれらであって、仕事の内容はなんでもよかった。もしかしたら歪んだ仕事観であり、人生観だったかもしれない。しかし、ありたいスタイルに合わせた会社を探すと、仕事自体もしっくりくるものなのだ。そのことを僕は経験で学んだ。

僕たちは5年前、子供のいる生活スタイルを送ることに決めた。けれど、子供はやって来なかった。代わりに一時的にボーイズがやって来た。前々から話していたのは、決められた生活スタイルに必須である子供は、何も自分たちの遺伝子を引き継いでいる必要はないのではないか？　ということだ。

ことが子供についてでなければ、我々はとっくに次の段階へと進んでいただろう。論理的に、効率よく。けれど、感覚的にその他のことと同列に並べるわけにいかないということもわかっていた。我が子ではない子供を引き取って、育てきるだけの覚悟がはたして僕たちにあるだろうか？　思い描いていたものとは違ったとして、やり直しは利かない。それが自分の遺伝子を引き継いだ子供であれば、当てが外れたとしても、深く考えずに子育てに邁進できるかもしれない。けれど、養子だったらどうだろう？　僕たちはちゃんと子供を愛し続けることができるだろうか？

４ＬＤＫの部屋は、やっぱり二人暮らしにはちょっと大きすぎる。賃貸に回しても借り手がすぐ付きそうな立地を選んだつもりだし、売ったってかまわない。その金で相応しいサイズの部屋に引っ越せばいい。そのはずなのに、なかなか踏ん切りがつかないなか、おりよくボーイズがやってくることになった。

「どうかな？」

言葉少なに訊ねるなつみが、現在進行中の検証について聞いているのだとわかった。

「まだよくわからない」僕は素直にそう答える。「でも、なんというか、例えば、彼らがちゃんと寝ているかを確かめるために二階に様子をみに行くとき、妙な高揚があった」

「わたしも。けどそれは新しい刺激が新鮮に感じるだけだと思う。二、三日もすればありきたりなものになっていると思う」

なつみが再生ボタンをおして、国民的ヒーロー、星条旗のマントをつけたホームランダーが動き出した。気に食わない相手は目からビームで焼き払い、管理会社の女性担当役員には赤ちゃんみたいにおっぱいを吸わせてもらう。自分のことしか考えない、大きな赤ん坊。話が進むうちに、天与の才能だと思っていたヒーローたちのスーパーパワーは実はコンパウンドＶという薬の投与によって作られたものだとわかってくる。

「なんか、世紀末的な感じよね」

なつみはそう言うが、世紀末とはちょっと違うと僕は思う。そこにあるのは滅びの予感ではなくて、終われないことの苦しみと哀れさだ。奇妙なウイルスみたいに、じわりと苦しめられるが、全体としては致命的なことにはならないことは皆わかっている。

「あなたがよく言っていた、1999年と2020年、その数字の並びから感じる類似点。私にはなんとなくその感じはわかるけど、二階で寝ているボーイズにはわからないのよね。なにせ、彼らは1999年には生まれてすらいないから」

僕は二階で眠っているボーイズの寝顔を頭に浮かべた。明日は、本当だったら、フェンシングを観るはずだった。どこかで列車のジャンクションが間違って、本当の2020年は我々の感知し得ないところでちゃんと正常に進んでいる、そんな空想がふっと頭をよぎった。僕たちは間違った方の2020年にいる。二つの2と0があべこべになった間違った方の2020。本当の2020では、世界中の人間が今も明治神宮外苑の新スタジアムに集まっていて、芸術的な肉体を持つアスリートたちの華麗な動きに感嘆している。国民は今大会初の日本人金メダリストがいつ出るのか、わくわくしながら日々を過ごしている。

1週間が経つと、ボーイズとの生活リズムがすっかりできあがっていた。午前中は宿題の時間、ゲームとテレビは合計で2時間まで。2日に一回はお出かけすることにして、どこに行きたいか子供たちにプレゼンしてもらう。プレゼンしなければ大人が勝手に行き場を決める。夕飯のリクエストは受け付けるが、同じものは駄目。すくなくとも2日連続は駄目。8時には眠る準備に入り、9時までにはベッドに就く。時間があまったら、4日目に食事の帰りに買った「ドンジャラ　鬼滅の刃」を皆でやる。ドンジャラぐらい誰でも知っているだろうと思っていたが、なつみはその存在すら知らなかった。子供たちは別のキャラクターのものを持っているようで大体のルールを把握していた。麻雀のルールをベースにして子供でも遊べるように簡略化したもので、パイと呼ばれるプラスチック製の直方体にキャラクターの絵がかかれてあって、合計9枚で役を作る。同じキャラクターの絵を三つずつ揃えれば上がれる。順番にパイを山から拾っていっていらないパイを捨てる。自分以外の誰かが捨てたパイで役が揃っても上がりだし自分で引いたパイで上がってももちろんいい。たくさんのアニメや漫画のキャラクターを使ったドンジャラがあって、作品の内容に沿った特別な役がある。ボーイズがドンジャラをやりながら延々狙っていたのは、「水の呼吸」という役だった。亀甲柄と市松模様、彼らのマスクのキャラクターを揃えると役ができる。

夜寝る前はドンジャラをやるのがお決まりになった。10ゲームか、誰かの持ち点がなくなるとお開きということにしていた。8日目の夜、5ゲームが終わった時点でトップは柊二だった。二番は僕で、三番は翔太、なつみはほとんど持ち点を失いかけていた。なつみは昨日も最下位だった。

10年前トルコのグランドバザールで買ってきた、ペルシャ絨毯をモザイク状につぎはぎしたラグの上のコーヒーテーブルにドンジャラの台を置いて、ゲームを続けた。ドンジャラをやっている時が、一番会話が弾んだ。その大半は「負けないよ」とか「ツイてるねー」とか他愛のない掛け声のようなものだったけれど、ある時、「なんだか、本当の友達みたいだね」、と翔太が言って、僕は思わず笑ってしまった。

「もちろん友達だよー」なつみがパイを取りながら言った。

「でも、おじさんで、おばさんでしょ」翔太もパイを取りながら言う。

「親戚だからって、友達になれないわけではないでしょー？」

「そうなの？」

「そうだよ」

柊二がパイを取って、それを手牌に入れて、手牌から一つ捨てる。

「だから私もボーイズに入れてよ。『鬼滅の刃』もちゃんと全部読んだでしょー？」

僕は笑って頷きながら、昨日柊二に借りた『鬼滅の刃』の既刊本を全部読んだなつみが僕に話したことを思い出す。僕はまだ読んではいないが、友達なのであればちゃんと読むべきかもしれない。彼女の説明によれば、千年前から存在し人を食う鬼を退治するという筋立てで、最強の鬼も元は人間であり、不治の病を治すために処方された、青い彼岸花のせいで鬼になった。その他の鬼は、最初であり最強であるその鬼から青い血を分けられて鬼化した。鬼は人知を超える力を得て、死ぬことも老いることもない。

「ねえ、これってコンパウンドVでスーパーパワーを得たヒーローたちとそっくりじゃない?」昨夜、『The Boys』を観ながらなつみは言った。「大きな海を挟んだあっち側とこっち側で同じようなヴィジョンを見てる」

ドンジャラ、と翔太は言って、パイを倒す。「水の呼吸」ができたかどうか確認するのが癖になっている。今回もできていなかった。

ゲームが終わると、全部のパイを伏せて、皆で混ぜる。じゃらじゃらと音がする。

「誰も死ななくて、いつまでも若くて、力を持て余してて、自分のことしか考えられない。いや考える必要がない。新しい不完全な人間なんて必要なくなってしまう。きっともうすぐに」

昨夜なつみが言ったのを聞いたとき、似たようなことを言っていたことが前にもあったな、と僕は思った。いつだったっけと、薄くアルコールが回った頭で考えた。すぐには思い出せなかった。夜のゆったりとした途切れ途切れの会話には時間切れというものがない。その内に、そうだあれは、子供を二人作ると言いだしたときのことだ、と思い出す。

その時、なつみはなみなみと注がれたシャンパングラスをあおり、

「子供を作ろうと思うんだよね」と言った。

彼女の口ぶりは決然とした風でもなく、なんでもない日常会話の中の一コマみたいに聞こえたから、思わずそのまま受け流しそうになった。僕はなつみの台詞を頭の中で反芻した。それまでも、例えばどちらかの友人に子供ができたという話を二人でする時にも、改めて自分たちのコンセンサスを確認することがあった。

>世界にとって人間は必要か?

→No. 人間にとって、世界は必要だが、世界は人間の存在になど無頓着である。

>世界中には何十億人もの人間がいて、わざわざ我々が子供を産み育てる必要があるか?

→No. 今でもどこかで誰かが子作りに励み、当面は地球の人口は増え続けるだろう。

∨苦しみや悲しみはそもそも存在が始まらなければ感じることはない。Wikipedia によれば、ショーペンハウアーだって苦しみが多い現世に子供を送り出すのは道徳的に問題がある行為だと言っている。釈迦だって、「子を持つなかれ」と言っている。それでも子供を作るのは正しいと言えるのか？

↓No. さらに付け加えるならば、恐ろしい死そのものが誕生によって作られている。誕生がなければ死もまたない。

∨ならば、我々は子を持つべきか？

子供を作ると言いだしたあの時、なつみは Yes/No の回答を保留した。ただ子供について考えるとなにか体内で熱のようなものが生まれ、それは無視することができないほどに確固としてあって目を逸らすことができないのだ、と彼女は言った。論理的じゃない感情が、子供を求めている。筋道が通っていない話だったが、彼女の言う熱については理解することができた。子供が欲しいとか欲しくないといった具体的な何かではない。具体的な形を取ることはあるけれど、言葉にも行動にもなる前の未分化な何か。論理的なだけであれば意味などない我々を何とか生きさせる仄かな熱。酔っ払っていたので、具体的にどういう会話があったのか詳細は覚えていないけれど、それを共有したという感覚が残った。僕たち夫婦以外の人が聞いたなら、お寒い書生的な会話であったとしても、とことんまでやるのが我々の暗黙のルールだった。そのルールが僕たちを結び付けていた。

長い間操作していないテレビはOSの機能で、どこかの渓谷の風景を映し出していた。それを眺めるなつみもきっとあの時のことを思い出しているのだ。

「子供たちはその内に鬼かヒーローになる。私たちももしかしたらそう。死をうみだしているわけではない」

沈黙を破ってなつみが言った。それは、放置された問いかけの返答のように聞こえた。実際にそうなのかもしれない。

「今だって、私食べたものを吐いていた時と何も変わってないような気がする」

「まだ吐いてるの?」

そう訊ねると、なつみは笑った。

「もう自分のビジュアルにそんなに関心持てないよ。ただコンパウンドVとか、青い血が与えられるんだとすれば私はそれを飲むと思うな。興味というよりは、どっちかというと義務感」

*

じゃらじゃら

「おばさん、ずるいなー。最初に配られるパイが良すぎだよ」

「日頃の行いだよー」

「駄目だ、ばらばらだ。こうなったら、あの手をめざすしかない」

「おじさん、またオールマイティ持ってるでしょー」

「まあ、日頃の行いだな」

「と言いつつのリーチ」

「おお」

「あ、それドンジャラ」

「なんだよもー」

「あと一つで「水の呼吸」リーチだったのにー」

じゃらじゃら

「次は勝つぞー」

「平成生まれには負けんぞー」

「てか、もう令和だしな」

「柊二君、何年生まれだっけ？」

「えっと、２０１０年」

「やべえな、ついこないだじゃん」

「翔太君は？」

「ええっと」

「翔太は、２０１４年」

「昨日みたいなもんだねー」

「ノストラダムスって知ってる？」

「知らない」

「１９９９年、君たちが生まれる前に、恐怖の大王が降りて来て世界が滅びるって話があったんだよ」

「ふうん。でも滅びてないじゃん」

「おっと、良いの来たー」

「いい加減にしてよー」

「ねえ、本当にこれもらって帰っていいの?」

「いいよ、もちろん。ママとパパと一緒にやんな」

「そうするー」

「でもよかったね、お母さん戻ってきて」

「いい話の途中だけどリーチ」

「ええぇ」

「私もリーチ」

「鬼かよ」


最後の夜のドンジャラも、22時を過ぎる頃にはお開きにして、僕となつみはボーイズを寝かしにかかった。それまでずっと負けっぱなしだったなつみがその日はツイていて連戦連勝だった。負けたこの恨み忘れねーからなー、と柊二が言って、すぐに忘れるよ、となつみが言った。

旅のない

今時珍しいくらいチープな電子音が鳴って、助手席の村上さんが膝にのせたカバンをごそごそしだした。それはリュックにもなる、3WAYと呼ばれるビジネスバッグだ。村上さんは後部座席からの僕の視線に気がついて、ちらりこちらを見た。それと同時に、探していたものが見つかったのかバッグから手を抜いた。手には卵型のプラスチックが握られている。

「たまごっちなんですよ」

どこか弁解するような口調で、村上さんは言った。

「たまごっち？　懐かしいですね」

たまごっちといえば、僕が中学か高校ぐらいの時にブームになった、卵型の育成ゲームだ。多分それが最初のブームだったと思う。子どもの手の平におさまるサイズのその筐体には液晶画面がついていて、液晶にはペットが表示される。プレーヤーは餌をあげたり、遊ばせたりしてペットの相手をする。どこで人気に火がついたのかは覚えていないけれど、その後も何度かブームがあったのは知っている。販売元のバンダイでは、Chief Tamagotchi Officer＝最高たまごっち責任者、略してＣＴＯなる役職があるという話を以前ニュースで見たことがある。ＣＴＯといえば、普通の会社ならChief Technology Officer＝最高技術責任者の略で、おもちゃ会社らしい遊び心だろうな、と思ったのをよく覚えている。たしか、他にはChief Gundam Officer＝最高ガンダム責任者というのもあったはずだ。それらの役職がまだあるのかは知らないしググるつもりもないけれど、バンダイにとってたまごっちはガンダムと並ぶほどに重要なコンテンツであった、ということだろう。

村上さんは40歳くらいに見えるから、その年齢の男性がやっているということは局所的にでもまたブームが再燃しているのかもしれない。

「娘が林間学校に行ってて、それで世話を頼まれましてですね」

照れ笑いのような表情で村上さんが言う。なんでも、世間では鬼を退治する漫画原作のアニメが流行っているらしく、そのキャラクターを使ったたまごっちを林間学校に参加中の娘から託されたそうだ。林間学校は今もゲームは持ち込み禁止、おやつは５００円までなのかな？　ひねくれた子供だった僕は友達とジャンケンをして、負けたら、「バナナはおやつに入りますか？」とホームルームで質問する遊びをやった。けっきょく誰が質問したんだっけ？　そう自問しつつ同級生の名前自体ほとんど覚えてない。もう、ずいぶん昔、20世紀のことだ。年号はぎりぎり平成だったか。

聞けば、ご飯をあげたり遊びをさせたりして育成する基本ルールは今も昔も変わらないそうだ。育成の方法によって、どんなキャラクターに育っていくのか枝分かれしていくのも変わらない。娘さんとしては、「大食い力持ちキャラ」の女の子に育てたいらしく、そのためにはとにかくご飯をあげ続けなければならない。意中のキャラにするために二体を同時に育てているそうで、それを嬉しげに話す村上さんの様子から、その甘やかしぶりが知れた。

たまごっちの世話を終え、村上さんはまたバッグにそれを戻した。

「大変ですね」と声をかけると、彼はまた照れたような笑みを浮かべた。子煩悩そのもののような感じ。それからしばらくは、ロードノイズが車中を支配した。高速に乗ったところで、今日のプレゼンテーションについての意識合わせを村上さんの上司である神崎課長の主導で行った。僕の隣で膝にのせたノートパソコンで作業をしていたシステムエンジニアも、パソコンを閉じて彼の話に聞き入った。

我々が今車で向かっているのは、九州地方のとある自治体の役場だ。僕が所属する会社は自治体や法人で利用する一種の業務アプリを開発・販売していて、地場の販売代理店とともに、プレゼンテーションに向かっているのだった。その自治体の人口は10万人に満たないが、大手製造業の工場が海際にいくつかあり、巨大なイオンもあって、顧客としては十分な規模の街だった。地方交付税が必要ないとまではいかないが、税収も人口も比較的安定している。

業務アプリに限らず、役場建て替えなど高額の調達をするときは公平性を担保するために、調達仕様を公示して業者を募集することが普通だ。かつては入札が多かったが、近頃では公示内容にのっとってプレゼンテーションをする、いわゆるプロポーザルによる調達が増えている。最低価格が案件を獲得する入札での調達もなくはないが、ＩＴ関係のソリューションの場合は既存システムとのすり合わせが発生することがほとんどで、形のあるものでもないから、プロポーザルの方がマッチする。プレゼンテーションは販売店だけで行うこともあるが、今回は確実に受注したいという神崎課長の希望により、メーカーの人間として僕とシステムエンジニアがアテンドすることになった。

プレゼンは後30分ほどに迫っていたのだけど、僕の意識は夜の時間に予約していた博多の有名モツ鍋屋に行っていた。というのも、車中の打ち合わせ時に判明したのだが、定員の関係でプレゼンテーション自体に僕は参加できないからだ。各社２名までの参加と、プロポーザルの案内に書かれてあった。各社2名であれば、販売店の神崎さんと村上さん、メーカーからは僕とシステムエンジニアで良さそうだ。しかし確認したところ、自治体側の意図としては一つの項目について2名ずつであると今朝分かった。我々の会社のアプリを提案する際には、販売店とメーカーをひとまとまりでカウントする。つまり4名の人員中、2名までしか参加できないということだ。システムエンジニアは必ず参加して欲しく、提案を主導してきた販売店の人間も一人は参加すべきだということになった。協議の結果、販売店として神崎課長が、うちからはシステムエンジニアが参加することになった。

「すみません、せっかく東京からお越しいただいたのに」

神崎課長は面目なさそうに言ったけど、不可抗力的に省エネできるのであれば僕としては望むところだった。それに、東京からここまで来ることよりも、久しぶりにネクタイを締めたことの方がむしろストレスが大きかった。クールビズが普及して、夏はネクタイを締めないのが当たり前になっている。だんだんとフォーマルに対しての意識が薄くなり、秋になっても冬になってもネクタイを締めずに過ごすようになった。先週、今回の出張を調整していた時に「プレゼンの際は必ずスーツとネクタイでお願いします」と神崎課長からのメールの末尾にはあったが、おそらく10年前であれば、わざわざ注意する必要がなかったことだろう。

「じゃあ、私はここで、たまごっちの世話でもしてます」

と朗らかに村上さんが言った。

「最重要の仕事だね」、笑いをはらんだ声で神崎課長が応じる。それから彼は車中に残った僕に一礼をして、システムエンジニアとともにプレゼンが行われる庁舎の別館に向かった。僕も彼に礼を返す。おそらくは昭和の時代に建ったのだろう、くすんだビルの周りにはまばらに植えられた松が葉をとがらせている。松を見たのは久しぶりだな、とどうでも良いことを思い、それからまた旅情気分に浸った。急げば今日にも帰京できるが、別の販売店の博多支店に挨拶にいくことにしていて、一泊する予定だった。

ぴこんぴこん、と電子音が鳴った。ほとんど反射的とも思える素早さで、村上さんがごそごそとバッグを漁った。

「ミツリちゃんになーれー」そう言いながら、彼はたまごっちの世話をする。

どうやら無意識に言ってしまったようだ。後部座席の僕の存在を忘れてしまっていたのかもしれない。目が合うと、照れくさそうに笑った。

「娘さん、おいくつなんですか?」

僕は気まずい空気が醸成されないよう、先手を打って言った。

「9歳です」

「かわいい盛りですね」

かわいい盛りかどうかは知識のない僕にはいまいちわからなかった。けれど、いかにも子煩悩そうだから、「かわいい」的なワードを混ぜておけば大外れはないだろうと思った。

「強く言えなくてですね。どんどんわがままになっています。まあ、女の子だからいいのかな」

僕が九州入りしたのは今朝のことだった。システムエンジニアは事前打ち合わせのために一日前に入っていた。その時僕はまだ東京にいて、打ち合わせにはZoomで参加した。ほとんど発言する機会のない会議だった。プレゼンに際しての製品知識が神崎さんにも足りてないことがわかって、システムエンジニアがその点を説明した。僕はつつがなく進んで行く打ち合わせを眺めた。販売店側は既に顔を知っていた神崎さん以外にも3名、計4人が参加していたが、村上さんが出席していたかどうか記憶にはない。でも、空港まで迎えに来た時に、空路でここまで来たお礼とねぎらいに加え、昨日の打ち合わせのお礼を言われて、車中もその話をしていたことで参加していたことがわかった。

「作家さんなんですよね？」

高速道路を走行中、会話が途切れた際に急に村上さんが聞いてきた。

「NewsPicksで見たって、神崎が言ってました」

そんな風に訊ねられることがちょくちょくある。小説家としてデビューしてから、年数が経つにつれ、じわじわと増えてきた。子供の頃からなぜか小説を書かなければいけないという強迫観念めいたものがあり、大学時代に小説を書き始め、友人が起業した今の会社に参加してからも時間を見つけては書き続けていた。創業当初はそんな暇もなかったが、デビューする直前にはいくらか時間が割けるようになっていた。単に時間ができたというだけでもなく、気持ちの切り替えもうまくなったかもしれない。

神崎さんがWEBの取材記事に気付いたのは、僕の名前でネット検索をしたからだそうだ。確かに、名刺交換した相手の名前で検索することが僕にもある。結構いろんな情報が出て来る。実名での登録を推奨しているFacebookが普及してからはなおさらだ。作家として表に出る時は眼鏡を外し、会社業務の時にはかけるようにしているが、気分の切り替えのためで、変装が必要なほど面は割れていないはずだ。でも、名前で検索するとさすがに判別される。

村上さんはしばらく何も言わず、運転を続けた。僕はXperiaで仕事メールの対応をしていた。高速を降りて、待ち合わせ場所となっている彼らの会社まではカーナビの表示で10分くらいだった。

「作家さんなら、映画とかも結構見ますか？」

沈黙を破って、村上さんが言った。

「映画ですか？　それなり、ですね」

「ほら、あそこの看板」

村上さんの視線を追うと、建築業者の垂れ幕がさがった建築現場がある。大きさからして、公共施設、もしくはマンションだろう。聞いたことのない社名だったが、垂れ幕の意匠からかなり規模のあるしっかりした会社のものと思われた。おそらく地元の有力企業だろう。

村上さんは、映画のタイトルをいくつか挙げて、それを知っているか聞いてきた。

「その映画を撮った監督、あの会社のご子息なんですよ」

きっと僕はわかりやすい疑問の表情を浮かべていたのだろう。

「へえ」

なんといっていいのかわからず、とりあえずそう声を発した。確かにその映画を観た記憶はあるが、内容はかなり薄れている。

「結構地元では有名な企業なんですけどね。他ではあんまり知られていないようで」

「僕も知りませんでしたね」

「うまく行く人は結局資金力次第なんですかね」

「まあ、実家が太いのも才能のうちと言いますし」

「じゃあ、先生もですか？」

「先生はやめてください。あと、うちは普通です」

村上さんと僕の笑い声が小さく重なった。笑いがひいたところで、僕はダーウィンの話をした。ダーウィン、言わずと知れた進化論の提唱者である彼は、裕福な家に生まれ、そのために日々の糧に悩むことなく研究に没頭することができた。おかげで僕たちは単細胞生物から多細胞生物へと、紆余曲折の末に猿へ、そして猿から人間へと進化し、その後も殺し合い、混ざり合いながら歴史を紡いできたことがわかった。しかしそれまで信じられていたように今ある形で動物たちを神が造ったのだとしても、単細胞生物から枝分かれしながら進化してきたのだとしても、日常生活はそう変わらない。現代では後者がたしからしいとされているが、生活に直結しないそんな発見をしたとして、ただちに富を得られるわけではない。たしからしいとされたなら名声は手に入るかもしれないが、それも随分後年のことだ。地動説を唱えたガリレオはあやうく殺されかけまでした。ガリレオの実家が太かったかどうかは知らないけど、Wikipediaで確認したところ、早くに父をなくしたり、学資不足で勉学を中断したりしたことがあるとのことだから、そう裕福でもなさそうだ。もし、実家が太ければ、表面上自説を曲げ「それでも地球は回っている」と呟いたという逸話は生まれなかったのかもしれない。金の力でもって、安全を確保できるところへ亡命し、「太陽が回っている」と言い張る原始人を塔の上から見下しながらパフェでも食べていたかもしれない。

「実家が太いのは一つの才能でしょうね、確かに」村上さんが肯く。「私もそうであればきっと映画作りを止めなかっただろうな。多分、あそこの御曹司よりも、多少なりましなものが撮れたと思うんだけど」

村上さんは、学生時分にサークルで映画を撮っていたらしい。その後村上さんからおすすめの映画を聞かれ、ぱっとは思いつかないですね、と答えた。映画を撮っていたという話については深掘りしないまま目的地に着いた。

プレゼンに行った二人はなかなか帰ってこない。出番が終わればすぐに戻ってくるか、全部の製品が終わるまで退出できないか、どちらになるかはわからない、と神崎さんは言っていた。うちのソリューションの紹介はもうとっくに終わっている頃だ。たぶん、後者になったのだろう。

車内で一緒にいるうちに村上さんとはずいぶんと打ち解けた。流行中という鬼退治漫画とコラボしたたまごっちを見せてもらって、いかに娘がそれにハマっているのかという話から始まり、彼が学生時代撮っていたという映画の話を聞いて——内容は教えてくれなかったが「ざっくり言えば芸術系の映画ですよ」と方向性のみ答えた——、僕が書いている小説の話へと続いた。さすがに芸術系の創作を志したことがあるだけあって、よく聞かれる「純文学って、要はどういうのを書いているんですか？」といった質問はなかった。そう聞かれたら、「村上春樹の二番煎じ的な芸風でやらせてもらってます」と答えるのが習いだが、若い人だとそれが通じないことがあって、その場合は「ちょっと小難しい芸術系の小説ですね」と答えている。村上さんは僕の作品を読んではいないとのことだったが、どういう方向のものを書いているかはだいたいイメージできると言った。それから、今日は東京に戻るかどうか聞かれ、明日福岡の取引先に寄るので、博多で一泊するつもりだと答えた。

「プレゼンにも参加できなかったし、本当に旅行だけしに来た感じになっちゃいました」

「すみません。こちらの確認不足で」

村上さんが恐縮するので、「いえ、近頃ちょっと働き過ぎだったんでちょうどいいです。

会社経費で旅行出来て良かったくらいですよ。あとはこの案件とれれば言うことなしなんですが」慌てて僕はそう言った。

村上さんはまた照れたような笑いを浮かべる。視線を外し、うつむき加減になる。口元がわずかにしか見えない。

僕は今夜食すはずの、モツ鍋に思いを馳せる。グルメサイトでランキングとユーザーレビュー、それから一人鍋に対応しているかどうかを基準に選んだ店だった。5点満点で4点以上ついていたから外れはないだろう。地元の人からすると観光客向けの二流扱いの店かもしれないが、そもそもモツ鍋を食べること自体が2年に一度あるかどうかという程度の僕には、一定の水準を越えた中での差なんてわからない。ユーザーレビューには「まさに本場の味」と書いている人もいた。その店で一人ビールを飲みながらモツ鍋をつつく。酔っ払うとホテルまで帰るのがしんどいからホテルはその店の近くに取っていた。翌朝は午前中から得意先に挨拶と来年度受注予定の案件の状況を聞いて、昼飯を食べ東京に帰る。

神崎さんとシステムエンジニアが近づいてくるのが見えた。うまくいったのかどうかわからない、中間的な表情だ。彼らが車のドアを開く時に、何気なくという風に、

「いいなぁ、旅行。私には旅がないですから、うらやましいですよ」

と意味の取りづらいことを言った。興味を引かれたが、しかしその時はすぐに神崎さんが運転席に、システムエンジニアが僕の隣に乗り込んできて、その流れでプレゼンでの様子を話し出し、それについての会話はできなかった。小石のような違和感が胸につっかえながらも報告を受け、そのまま神崎さんの会社に移動することになった。

たまごっちがまた鳴いた。

神崎さんの読みでは八割方勝てるだろうということだ。でもプレゼンの参加人数すらも読み違えた神崎さんの言うことだから、いまいち説得力に欠けた。まあ、そもそも予算上は計算に入れていなかった案件なので、取れないなら取れないでしょうがない。システムエンジニアは別案件の打ち合わせがあってもう一日この近くに滞在することになっていた。僕は博多まで移動する必要があった。駅まで歩けない距離ではないが、電車の本数が少なくて、おまけに出たばかりということもあって、1時間は待つことになるようだった。オフィスのロビーで時間を潰すか、とりあえず駅に向かうか迷っていたら、村上さんが自家用車で最寄りの新幹線の駅まで送ってくれるというので、甘えることにした。最寄りの新幹線駅までは車でだいたい40分程度の距離とのことだった。

今回の案件の話をあらかたし終わると、すぐに車内の話題は尽きた。僕は胸に残るざらついた違和感を晴らしたくなっている。聞き間違いでなければ、彼はこう言ったのだ。

——私には旅がない——、どういうことだろう？　きっと何かの聞き間違いだろうけど。

「あれ？　私そんなこと言いましたっけ？」

訊ねてみると、村上さんが首を傾げる。案の定だ。旅がないなんて、意味がわからない。

「すみません、変なこと聞いて」

この話題を閉じようと隣を向くと、彼とまともに目があった。黒々と重量のありそうな眼。車は信号待ちで止まっている。彼は何も言わず、じっと僕を見ている。信号が変わって隣の車が走り出す。しかし村上さんはブレーキを踏んだままだった。後続車はいないから、クラクションを鳴らされはしなかったけれど、青信号を目の前にして止まっているのは気持ちが悪い。

「信号」——変わりましたよ、そう続けようとして、前から抑えつけられるようなGを感じた。車が走り出したらしい。村上さんも前を向いている。

「私には旅がありません」

今度は聞き間違いではなかった。

「旅がない？」

ちらりとこちらを見る。そして頷く。

「映画の話です。私が学生の頃に撮ろうとした映画のタイトル。『旅のない』。さっき聞かれたじゃないですか？　どうも照れくさくてはぐらかしちゃいましたけど」

「旅のない」僕は疑問符なしでそう繰り返した。

「そうです。旅のない。旅の定義は知ってますか？」

旅の定義？　厳密に考えたことはなかった。

黙っていると、村上さんは笑った。その笑い方は照れたような笑い方ではなくて、僕の混乱を愉しむような、どこか余裕の含まれた笑みだった。

「自宅を離れ、他の場所に行くこと。それが旅の定義です。ですから、旅ができない人がいるのはわかりますね。旅をするためにはまず自宅がなければなりません。帰ってくることが前提でないなら、それは旅とは呼べない。うまい言葉が思いつきませんが」

「放浪、とか」

村上さんはまたさっきの笑い方をした。神崎さんがいた時とはずいぶん雰囲気が違う。

「さすが作家さんだ」

「流浪、ってのもありますね」

「そんな感じですよね。つまり、旅ができるのは実家が太い人だけってことです」

冗談と思って笑おうとしたが、村上さんは真顔のままだ。

「基準の問題ですね」

「基準？」

「ある人にとっての当たり前が、別のある人にとっては贅沢であることもあります」

再び体にGを感じた。村上さんがアクセルを踏んだらしい。まだ帰宅時間ではなくて道は空いている。

「映画の話です」

「映画の？」そう繰り返しながら僕は話の文脈を見失っている。そのことをなぜか強く意識した。

「そうです。私が撮ろうとした映画です。旅のない男は、いわば放浪しているわけですが、周囲からはそうは見えません。ちゃんと帰る家があるように見えます。実際、仕事を終えるとちゃんとそこに帰ります。周囲からは、普通の生活を送っているように見えるし、旅だって可能に見える。でも、そこは彼の家ではありません。なぜなら彼は逃げ続けているからです。1年か長くても2年か、そこで暮らすと男は別のところに移動します。その際に名前も捨ててしまいます」

「名前もですか？」

「そうです。大量の絵を描いて、家が埋まると住処を変え、ころころと名前を変えた浮世絵画家のように。でも、彼が移動を続けているのは、想像力が爆発してその副産物としての絵で家が埋まるからではない。ただ彼は逃げているんです——」

*

その男は道を曲がり、少し歩くと、必ず後ろを振り返る。逃げているうちに、いつからかそんな癖がついた。男は何年も何年も逃げ続けている。様々な都市で、町で、その都度別の名前で生きてきたが、男は住んでいる場所を自宅だとは思えない。逃げなければならない時がくれば、即座にそこを捨てて、身一つで去らねばならないというのに、そこを家だなんて一体誰が思えるのか？

男はその日々のことをなんと呼べば良いのかわからない。旅ではないし、流浪と呼ぶにしては留まる期間が長い。日々のことを顧みると、どろどろとした血液が血栓に絡みながら流れていく映像が思い浮かぶ。そんなすっきりとしない淀んだ流れに似た生活、放浪に似た何か。取り急ぎそれが男の人生だ。

男は逃げている。何から？　それは描かない。逃げているという事実だけがあればよい。

ある時、男は都市の一角のカフェで働く。バイト仲間と別れた帰り道、強迫観念にかられて、夜道を振り返る。追手の姿はない。街灯が直下を照らしているだけだ。

ある時、男は町の定食屋で働く。最後の酔客を送り出し、夫を亡くした女主人の肩を揉む。女主人は色の盛りは越えているが、髪を下すと縛っていた髪が波打って肩に垂れ、一日の疲れのけだるさが全体にまとわりついて妙に色っぽい。一瞬目が合って、時間が停止したようになる。しかし、男はそっと離れて食器を片付ける。女主人に別れを告げて、夜道を歩く。男はまた振り返る。

ある時、男は港で重機を操作し海上コンテナの積み下ろしをする。体はいくらか逞しくなり、顔には皺が刻まれだす。住処を変えるごと、名前を変える度に、年齢もリセットされればいいのだが、そうはならない。

カメラは別の男を追い始める。年恰好は最初の男とかなり近い。最初の男と同じ都市、同じ町にその男はいる。様々なランドマークでそのことがわかる。時計塔、電波塔、古い城、巨大な湖、俳句で詠まれた自然の風景。しかし、最初の男と違ってその別の男は明らかに旅行で滞在している。トランクに着替えを詰め込んで、一泊か二泊すれば、元の生活に帰っていく。最初の男とその男が街角ですれ違う。

二人は面識がないから、すれ違ってももちろん気づかない。

*

村上さんは、自分が学生時代に撮ろうとしていた映画のストーリーを話し始め、しかし、すぐにやめてしまう。代わりに彼は今乗っている自分の車の話を始めた。僕は車はあまり詳しくないが、おそらく「固め」と言われる種類の乗り味だろう。道のでこぼこをかなり拾い、車内ががくがくと揺れる。メーカーはVolvoで、形状はハッチバック。シートは革張りで、ハンドルの下部やメーターの縁取りには、非鏡面加工された金属が使われている。車内外の灯りを鈍く跳ね返し、くすんだ輝きを放つ。仕事中も娘のたまごっちの世話をするような家族最優先の男性が乗る車らしくなかった。村上さんなら、子どもや祖父母を乗せても十分にスペースのあまるミニバンに乗っていそうだ。

「車だけはちょっとわがままを言いましてね、これ特別仕様車なんですよ。後部座席もそこそこ広いし、ハッチバックだから後ろをたたんで荷台にもできますしね。もっともメーカーの呼び方だと、ハッチバックじゃなくて、ショートワゴンと呼ぶらしいですが。ディーゼルエンジンなんで軽油で走るから、燃費もハイブリッド並みですよ。走り方次第では、越えるかもしれませんね」

村上さんは車の特徴について話を続ける。おかげで今乗っているこの車について詳しくなった。V40という車種で、これはモデルとしては2世代目だったが、少し前に生産中止になったこと。今ではディーラーで在庫しているものか中古でしか手に入らない。内燃機関の廃止目標がかかげられてから、各メーカーが車種を絞り始めていて、背の高い車が流行っている関係から、こういった低い車は生産終了されがちであるそうだ。Volvoのレーシングチームの名前からとったポールスターエディションという特別仕様車で、ホイールがノーマルのものより2インチ大きい。そのためスノータイヤが手に入りづらいが、幸い九州だから雪はほとんど降らない。

ナビを見ると、新幹線の駅まで残り10分ほどだった。僕は、彼が撮ろうとした映画の話を切り出すタイミングを見計らっていた。なぜか気になっていた。それは言葉に置き換えるべき何かが発見できる予感があったからかもしれない。時々、そんなことがある。言葉に置き換えることで、ごく少数かもしれないが、いくばくかの人に働きかける事象がそこに転がっていると感じることが。文章にしたところで、多くの人を感動させるほどのものではないかもしれないし、そもそも感動と表現してしまうと、崩れてしまう何かかもしれない。それを読んだ人の胸中に起こるのは、USBに差して使うタイプの扇風機が作る程度の微風かもしれない。けれど、それはうまく掘り当てられることを待っているのだ。僕がいつまでも仕事をしながら小説を書き続けているのはひょっとしたら、そんな、わずかに土から顔を出している小さな芽のような小説の種、それが目につく瞬間を何度も経験したからかもしれない。もちろん、無視を決め込んで素通りすることもできる。その場合、芽はそのままそこでしばらく存在を主張するようにあり続け、それからひっそりと朽ちていく。どうということのない日常風景がずっと続いただけにしか見えない。

「そろそろ着きますね」

何の気なしという風に僕は言った。

「今日は空いてましたね」

村上さんが応える。

「学生時代に撮っていた映画」

「はい？」

「さっき途中でやめられてしまったから」僕は意識して笑みを作る。「どういう内容だったんですか？」

「つまんない話ですよ」

「面白い映画なんて、そうそうないですよ。例の御曹司映画監督のだってとてもひどい出来だったじゃないですか」

今朝がた村上さんから聞いた、このあたりの有力企業の一族である映画監督について僕は罵った。その監督の最新作のテレビ放送を観たことを思い出しながら。——単に出来が悪いだけなら別に構わない、というかよくある話だけど、どうも貧困描写が下品に感じられる。未成年の姉と弟だけで生活し、姉の方は夜の商売に手を出しそうになるまで困窮したきょうだいが出てくるのだけど、貧困を盛り上げのためのフレーバーとして使っている。そう感じるのは、「実家が太い」ということを知ったからかもしれない。とはいえ、もちろん創作活動には極力制限をかけない方が良い。下品だろうが、醜かろうが、なんだろうが、そのこと自体に文句をいう筋合いはない。ただ、映画としての出来は悪かったし、ああいう映画を公共電波で流すのは電波の無駄遣いなのでぜひ止めてもらいたい。

というようなことを、努めて辛辣に村上さんに伝えた。僕としては彼の考えそうなことを代弁したつもりだった。昔映画を作っていたこと、少なくとも作ろうとしたこと、ダーウィン的に実家の太い映画監督の話を突然出してきたこと、そのあたりから類推した、琴線に触れるだろうことを言ったつもりだった。彼が作ろうとしていた映画について僕に開陳してもいいかなと思わせる箍のゆるみ、それを誘発するために先にこちらが常軌を逸した話しぶりをする。きっと映画作りを断念した時から彼の中に何かが溜まって、彼の人生そのものを、少なくともその一部を象徴するような淀んだ濃いものがあるのだ。僕の突然の悪態は牙で、それを受け入れてしまえば、古い血のように体からその濃いものが流れ出してくる。たいした味はしなくても、それならそれで構わない。もちろん、僕のサインに気付かずにすれ違うことだってある。

新幹線の駅に着いた。村上さんはロータリーにVolvo V40を止めた。他にもう一台車が止まっている。会社名のロゴが描かれた軽自動車、なんとなく医療関連会社の雰囲気があった。

村上さんはiPhoneで時間を確認する。

「一応の確認なんですが、飛行機とかに乗って帰るわけじゃないんですよね？　博多に泊るっておっしゃってましたね」

「そうです」

「新幹線も出たばかりのようですね。もしよければ、次の駅まで送りましょうか」

「いいんですか?」

「どのみち帰り道なんですよ。もうこんな時間だし、道が混んでたということにして直帰にします」

僕がお礼を言うと、村上さんはシフトレバーをドライブに入れた。車がまたすっと前に動く。

彼は差し出そうとしている。僕にはそのことがわかる。その表情と、言動、いや、それだけでもなく、彼の放つ空気のようなもので。

*

旅のない男はなぜ逃げているのか。男の背景はいつまで経っても明かされない。

ある町で、男はサラリーマンとして働いている。コピー機の営業の仕事だ。全国に支店がある大きな会社だが、採用は支店に任されていて、その男にも入り込むすきがあった。

約半年間、男は順調に働き続ける。

ある時、帰りの夜道で強迫観念にかられて、彼は後ろを振り返る。誰もいないに決まっている。

しかし、いつものように脅えながら振り返ると、そこには実際追手がいた。そのことは男の表情で知れるが、追手自体は映らない。本当に追手はいるのだろうか？

いつも、いつの間にか街を移っていた彼だったが、初めて移動のシーンが挿しこまれる。彼の部屋は恐ろしく殺風景だ。テーブルにもなるトランクが一つあるだけ。洋服ダンスもなく、生活するためのすべてはそのトランクに詰め込まれている。男は部屋に戻ると脅えた様子を続けながらも手際よく部屋を後にするための支度にかかる。トランクから地図を取り出して、くまなく視線を走らせる。それは旅行ではなくて、――何と呼ぶべきかわからない。

*

説明するよりも観た方が早いからと言われ、彼の iPhone を渡された。その中に彼が学生の時に撮った映画が入っているそうだ。便利な時代だ。スマートフォンのストレージ容量はどんどん増えているし、インターネット上のストレージサービスを使えばほぼ無限ともいえるスペースに好きなものを好きなだけ保存できる。生活の中でのデジタル化がこのままどんどん進んでいけば、自分にまつわる多くの物事をインターネット上に保存できるようになるのだろう。たぶん一昔前ならば、こういった話を旅先でしたとして、感傷的な自分語りで終わったはずだ。わざわざ彼の家に行ってさあ鑑賞しようということにはならない。でも今は彼の青春の断片をポケットに入れて運べる。

動画の長さは60分ほどあった。商業用でないものとしては長い部類に入るのだろうか？知識の持ち合わせがない僕にはわからない。僕が彼の映画を観ている間、彼は一切言葉を発しなかった。終わらないうちに、次の新幹線の駅に着いた。駅の前のモータープールで彼はまた車を止めたが、僕はiPhoneから視線を外さなかった。何も言わずに彼は再び車をスタートさせる。

窓ガラス越しに夜の街灯りが過ぎていく。車は高速道路に入った。

＊

ある時、男はトランクを引きずりながら速足で歩く。激しい呼吸が続く。

脚が絡まってこける。

はあはあ、と息を吐きながら後ろを振り返る。

街灯のアップ。

白い光の周りを虫が舞っている。

＊

「彼は、何から逃げてるんですか？」

「決めていたような気はするけど、もう忘れてしまいましたね」

「自分を投影していたんですか？」

「どうでしょう？　いや、きっとそうなんでしょうね。本当の経験ではないけど、過去に、あるいはいつかありそうなこと、そんな風にしてシーンを作っていたような気がします」

「村上さんも逃げている、あるいは逃げたかった」

彼はふっと笑った。

「実際に逃げ続けているんです」

高速道路は混んでいない。車はスムーズに流れている。速度は100キロで固定されている。車の機能で一定に維持しているのだろう。

たまごっちが世話を焼いてくれと電子音を鳴らした。彼は反応しなかった。

「いいんですか？」

「何がですか？」

「たまごっちの世話をしなくて。娘さんのお気に入りのキャラに育てなきゃいけないんでしょう？」

「いいんです。そもそも私には娘はいませんから」

「娘がいない？」

「そうです。結婚もしていませんし、娘もいない、従って林間学校にいっている娘のたまごっちの世話をする必要もない」

視界のトーンが一段暗くなる。彼は一体何を言っているんだ？

「もっと言えば、」と村上さんは言って、カーブに合わせてハンドルを切る。「私は村上ですらありません」

村上ですらない？

「どういうことですか？」

「そのままの意味です。村上というのは偽の名前で、私は村上ではありません」

カーブが終わって、直線に出る。ナビには博多まであと30分の表示。

僕は何と言っていいかわからず、黙っていた。すると、

「博多でいいんですか?」と村上ではない男が聞いてきた。「別のところでもいいですよ。私には帰る場所もないですから、このままどこかに行ったって」

彼の中に沈殿した、彼のこれまでをあらわす濁りを貰おうとした、――そのはずなのに、いつもと勝手が違う。むしろぬかるみのようなその濁りに嵌りつつある。プレゼンが終わるのを車の中で待ちながら、娘のためにたまごっちの世話をしていたはずの男と、隣で車を駆る男が同一人物だと思えない。

「人様を欺くときはディテールが大事なんです。しょうもない、細かなふるまい。大きな嘘を吐くときには、入念に何をディテールにするかを選び取って、完璧に演じなければなりません。逆に言えばそれさえできれば、人様を欺くのは簡単です。多少おかしいなと思っても、はにかみながらたまごっちの操作をしていたことまでが嘘だとは思えない」

僕は何かを言おうとしたが、言葉が出てこない。村上ではなくなってしまったその男が、ちらりと僕を見る。

「博多までの運賃を要求してもいいですか? 時間だって、燃料代だって、高速代だって

馬鹿にならない。そうでしょう?」

「何を要求されるかにもよりますけど」

「さっきの映画の続きを撮りたいんです」

「続き?」

「ええ、このiPhoneで撮影しましょう。なに、そんなに構えなくても大丈夫ですよ。どこかに発表するわけでもないし、YouTubeにあげるわけでもない。ただの自己満足です。自己満足の自己投影。何のリスクもない」

「なくはないでしょう。わけのわからない動画を撮られて、口約束ではどこにも出さないと言われたところで、村上さんの考え一つで曝される可能性があるわけじゃないですか。そういうのを嫌に感じるタイプだった場合は、僕の心の平穏に良くないじゃないですか」

村上ではない男はゆっくりと首を振った。

「私は村上ですらありません」

「いや、その件はおいとくとして」思わず僕は笑ってしまう。実際のところ動画に僕が出ることになったとして、約束をたがえて彼が勝手にYouTubeなりにアップしても実害なんてないだろう。きっと僕の周囲は誰も観ないし、誰も気づかない。しかし一方的に翻弄されるのが気に食わなかった。

「交換条件にしましょう」僕は言った。

「なんですか？」彼はどこか面白がっている風でもある。

「このやり取りをもとに小説を書かせてください。それを発表するかどうかはどっちでもいい。人質みたいなものですよ。村上さんが約束をたがえた時には、ありのままの状態でどこかに発表する」

彼はしばし黙った。何かを考えているようだった。アスファルトの大きめの凹凸をタイヤが越えて、ぼこりと体がゆれた。

「かまいませんよ。その通り書いたとして、まさかあの村上がこんなことをしているなんて誰も思わない。好々爺へ一直線の絵にかいたような人畜無害、それが村上ですから。それに村上であることも、後半年もすればやめる予定ですし」

彼はまっすぐ前を向いたまま話し続ける。

「ただ、できれば私の使っている偽名と、地方だけでも変えておいてもらえるとありがたいですね。偽名が村上ではなく、九州ではないところで起きた出来事として書いてもらえると。もちろん、半年後であればそれすらもどちらだって構わないことなんですが」

彼は、ドリンクホルダーに挿していたiPhoneを手に取り、簡易的なスタンドにもなるカバーでダッシュボードにたてかけた。それから上半身を前にかがめて操作した。録画を始めたことが、こちらを向いた画面で分かった。

「じゃあ、いいですね。取引は成立ということで」

「台本は？」

「台本なんてないですよ。ただ、話をしやすいように状況の整理だけしましょうか」

「状況の整理ですか？」

「あなたは生活とは呼べないし、旅とも呼べない、緩やかな逃避行に巻き込まれた。あなたは、その取引先として知り合った偽名を使った男に、彼が撮ろうとしていた映画の最後のシーンの撮影に付き合わされている」

「ここは使うんですか？」

「出来上がりによりますね。スムーズにつなげたいので」

「台本がないのだとしたら、何を話せばいいんですか？」

「なんでもいいです。黙っててもいいです。安心してください。ゴールが来ればちゃんと解放しますよ」

「まるで、軟禁でもされているみたいだ」

村上ではない男はふっと息を漏らす。

「映画の状況整理もしましょう。設定はこうです。男は街を乗り継ぎ、名前を変えていく。ある男が、初めて名前を変えて大学生として生きだしたところから映画はスタートする。幼少の頃から成績は良かったから、大学受験をしてなくても授業についていくのには苦労しなかった。むしろ成績は優等だった。その男が大学生を演じることになったのは、もらい受けた戸籍が大学生だったからです。大学生の身分というのはとても高く売れそうに思うかもしれません。つまり、なり代わりの対象としてですね。だが実際のところそうではない。なり代わりたい人とのマッチングの問題がありますからね。最低限性別は揃えなければならないし、十九、二十歳くらいの年齢で他人になり代わりたいと思うような男はそう多くない。女性であれば、話は別ですが」

「なぜその大学生は戸籍を売ったんですか」

「彼が売ったわけではありません。彼は剝奪されたんです。彼はもともとは裕福な家に生まれた苦労知らずの学生だった。それが、親の離婚と他界が相次いで、にっちもさっちもいかなくなった。薬漬けにされて、危ない仕事に手を染めた。まともに働けなくなると、最後にはプロフィールを剝奪されて、戸籍を売られた。名無しになったその男が今どこで何をやっているのか、生きているのかどうかもわかりません」

「でも、結局は駄目だったんですね」

「駄目？」

「ええ、だってその後も名前を変えながら転々としたんでしょう」

「それはそうです。でも実際に何かがあったわけではない。夜道で振り返っても誰かがいたわけではないです」

「どういうことですか？」

「単に耐えられなくなったんですよ。自分の名前でない人生に。常に誰かに見られているような気がした。私が逃げようとしていたのは、私自身の妄想からだったんです」

村上ではない目の前の男は、映画の登場人物のことを「私」と呼んだ。それが劇中でのお芝居なのかどうかよくわからない。録画中の iPhone を向けられた状態であれば、例えば「それは映画の中での登場人物として言っているんですか、それともあなたの実体験を語っているんですか？」と質してみてもフィクションとしての意味を帯びてしまう。虚実ないまぜの何か。答えを知らない僕の疑問はしかしリアルだ。村上さんではない男が造った枠組みによって、リアルな僕が吸い取られる。ダッシュボードに立てかけた iPhone の画面に僕と村上ではない男が映る。画面に映った僕たちの背後には川が見える。道はいつの間にか橋になっていた。この時のことを小説にするならば、別の地方のものとして描くことになるだろう九州の川。

強い横風があって、少し車がふらつく。いちいち考えすぎてしまうと、何も話せなくなるような気がした。登場人物として振舞うべきだろうか、あるいは現実の自分として振舞うべきか？　どう映るにせよきっと誰も見ることのない映像だ。たとえそれがネット上にあがったところで、一生かかっても見切れないほどの動画が既に大量にネットにはあって、今も増え続けているのだ。

僕が黙っていると、村上ではない男は、横から見てもわかる笑みを浮かべる。

「どうもうまくいきませんね。何回か別の人にもしかけてみたことがあったんですが、どうにも」

iPhoneの録画表示はついたままだ。

「いえね。この間引越ししたんですよ。子どもも大きくなってきて、ちょっと手狭になってきたものですから」彼は続ける。「それまではずっと古いアパートに住んでいましたが。業者に頼むのももったいないから、軽トラを借りてきて自分たちで荷物を運ぼうとしたら、学生時代につかってたカメラがでてきましてね。ほとんど内容も忘れかけていましたが、手にした瞬間に何かその時の熱みたいなものが蘇ってきました」

台本のない芝居が続いているのだろうか？　判断がつかない。

「それで、さっきみたいにアドリブでうまく最後を締められないか、何度かやってみたけどうまくはまらないもんですね。きっと才能がないんだろうな」

「じゃあ、やっぱり村上さんでいいんですか？」

「ええ、そうです。正真正銘の村上です」

ナビの案内する高速出口まであと1キロを切っていた。かっちかっちと方向指示器の音がして、一番左のレーンへ車線変更する。ランプウェイを半回転して下道に降りる。下道は混んでいて渋滞にはまってしまった。

「事故でもあったみたいですね」

遠くからサイレンの音がする。

「さっきの映画の内容は全部嘘なんですか？」

僕のその質問に、村上さんは答えなかった。態度を保留するように、うっすらとした笑みを浮かべながら、ちらりとこちらを見た。目の動きからiPhoneの状態を確認しているように思われた。iPhoneはまだ僕たちを撮っている。

「旅行は、好きですか？」応えない彼に、僕は別の質問をした。

「憎しみの方が多いかもしれない」

「どうして」

「さっき言った通りです。僕には旅がないから。帰る場所があるから旅行ができるんです」

「でも今はあるじゃないですか」

彼はゆっくりと首を振る。けれど視線は進行方向のアスファルトをとらえたままだ。

「何かがあったわけではないんです」また首を振る。「いや、あったのかもしれないな、細かくは。でもたいていの人にはどうってことはない話です。だから逆に何かわかりやすい傷を求めてあんな感じの人物造形をしたんでしょう。私に突き抜けたものがあれば、いつまでも映画作りに固執できたでしょうね。あるいは実家がもっと太ければ」

彼の作りかけの映画には二人の男が出てきた。一人は村上さんの心情を反映しているらしい旅のない男。もう一人は旅行を続ける男。旅行を続ける男は顔が映っていない。動画は同じ町に滞在する彼らを交互に映し続けていた。最後のシーンは同じ車に乗っている設定で撮ろうとして、未だ撮り切れていない。これは何テイク目なのだろう？

車が少し進み、またすぐに止まった。

「カメラが出てくるまではほとんど忘れていたことです。でもそれ以降、ふっと思う時があるんです。まるで自分の人生じゃないみたいだなって。別に私の役割は私じゃなくても、誰でも良くて、たまたま自分がその役割を負っているだけみたいな。違和感、っていえばいいのかな？　ここではないどこか、そういうところに行きたいというよりは、ここじゃない、という感覚の方が近いかな。毎日を順調に過ごすほどに、そんな思いが募ります。この車を買って、ちょっと収まったんですが、それも束の間のことでした」

渋滞がようやくほどけ、車が流れだす。ナビによれば、交差点を抜けて少し進めばすぐにホテルだ。

車が進み、ホテルの前に止まった。車寄せのない作りだったが、大通りに面していて駐車には問題なかった。

iPhoneが、まだ僕たちを撮っている。

「アクセルを踏んでもいいですよ」と僕は言った。「このまま旅にでましょうか？　付き合いますよ。帰りたくなるまでずっと」

iPhoneを少し操作すれば世界中のコンピューターがつながったインターネットの海にこの動画をあげることができる。もしそうしたなら、これを観た人は何を思うだろう？映画の中の登場人物を演じようとしているのではなく、現実世界で生活する一個人としてでもなく、同時にそれそのものであり、またそれ以外のすべてであるような、あやふやな気分のまま僕は言う。

「帰る場所というのは文字通りの場所だけではなくて、自分を象る思い、というものもあるでしょう。普段の自分、なぜか目を背けられない記憶や思念。気が付けばそのことについて堂々巡りの考えを続けてしまう。その不愉快な違和感も含んだ普段の自分から離れて、ずっと遠くに行く。普段の自分から抜け出た気持ちになる。晴れやかな、自由な気持ちに。一時は忘れても、気がつけば元の自分に戻っている。そして、きっとどこに行ってもなにをやっても自分自身から逃れることはできないことを知るんです。そうやって旅は終わる。村上さんが好きな車を買ったのと同じことですよ。一時しのぎにしかならなくて、でも漆を重ねて塗るみたいに、少しずつ変わっていく。矛盾するようですが、根本は変わらないということを知って、自分というものが少し厚みを増す。今アクセルを踏んでみたらわかりますよ。いつまで踏み続けられるか。どこまで離れて行けるのか。自分が旅のない人間なのかどうか」

村上さんと別れた後、ホテルにチェックインし、荷物だけを部屋においてすぐに予約していたモツ鍋屋に入った。予約の時間を随分過ぎていたが、問題なく迎えてくれた。

翌日は朝食を抜き、取引先に顔を出して、そこで教わった博多ラーメンを食べてから、空港に向かい、仕事と締め切りと義務と責任といくばくかのやりがいにまみれた東京に戻った。

小説的な脚色を加えて、九州の村上さんにこの文章をメールしたのが3か月前のことで、それきり音沙汰がなかったが、昨日会社宛におそらく旅行先からの絵ハガキが届いた。

メッセージ欄には一言、

「映画が完成しました」

とだけあった。

水色のサインペンで書かれたそのメッセージを見ながら、あわい予感が胸の中で芽生えた。それはやがて、一つのイメージとして像を結んだ。

こんなイメージだ。

*

ある日、僕は車でどこかに向かっている。

頼まれごとに対応しているか、業務のためか、いずれにせよ手段としてのドライブ中、信号に捕まってじりじりと青になるのを待っている。

信号待ちをしている間に、ふっと頭によぎるものがある。それは誰かとの会話の記憶だ。けれど僕は相手の名前も具体的にどういうやりとりをしたのかすら忘れてしまっている。

信号が青になる。僕ははっきりとした理由もわからずに、いつもより少しだけ強くアクセルを踏む。

参考資料

「悪口」

・『かぐや様は告らせたい～天才たちの恋愛頭脳戦～』赤坂アカ（集英社・ヤングジャンプコミックス）
（作中の人物の「お可愛いこと」という台詞は右記作の登場人物である白銀御行が、同じく登場人物の四宮かぐやを思いうかべる際に頻出する、彼女の台詞を真似たものです）

・Worldometer (https://www.worldometers.info/)

「つくつく法師」

・『鬼滅の刃』吾峠呼世晴（集英社・ジャンプコミックス）
（作中の人物が「僕が長男だからなんとか我慢できたけど、多分次男だったら我慢できなかったと思う。」と心中で述懐するのは、右記作の登場人物である竈門炭治郎の戦闘中のモノローグを真似たものですが、作中の人物は実際は次男かつ末っ子です）

・『Beautiful Life～ふたりでいた日々～』脚本：北川悦吏子（TBS系にて2000年放送）

・『ランチの女王』脚本：大森美香（フジテレビ系にて2002年放送）

「ボーイズ」

・『鬼滅の刃』吾峠呼世晴（集英社・ジャンプコミックス）

・『The Boys』（Amazon Prime Video にて配信）

初出　「群像」
「悪口」二〇二〇年八月号
「つくつく法師」二〇二〇年一一月号
「ボーイズ」二〇二一年二月号
「旅のない」二〇二一年五月号

上田岳弘（うえだ・たかひろ）
1979年、兵庫県生まれ。早稲田大学法学部卒業。2013年、「太陽」で第45回新潮新人賞を受賞し、デビュー。2015年、「私の恋人」で第28回三島由紀夫賞を受賞。2016年、「GRANTA」誌のBest of Young Japanese Novelistsに選出。2018年、『塔と重力』で第68回芸術選奨新人賞を受賞。2019年、「ニムロッド」で第160回芥川龍之介賞を受賞。著書に『太陽・惑星』『私の恋人』『異郷の友人』『塔と重力』『ニムロッド』『キュー』がある。

旅《たび》のない
二〇二一年九月一三日　第一刷発行
著者――上田岳弘《うえだたかひろ》

発行者――鈴木章一
発行所――株式会社講談社
東京都文京区音羽二―一二―二一
郵便番号　一一二―八〇〇一
電話　出版　〇三―五三九五―三五〇四
販売　〇三―五三九五―五八一七
業務　〇三―五三九五―三六一五
印刷所――凸版印刷株式会社
製本所――株式会社若林製本工場

ISBN978-4-06-524709-9

KODANSHA